KB098208

번역: 황성희

번역: 황석희

황석희 에세이

추천사

언어란 실로 복어에 가깝다. 누구나 맛있게 즐길 수 있지만, 작은 무지나 실수로 인해 치명적인 독을 품기도 하는 복어. 잘 다루면 대단한 풍미를 내지만, 잘못 다루면 매우 해롭다. 황석희는 언어를 복어처럼 다룬다.

번역을 '외국어 해석을 잘하는 일'이라 여기는 것만큼 큰 오해는 없다. 번역은 우리가 체험해보지 못한 문화권의 시대적 특성, 유머와 온도 그리고 뉘앙스를 그대로 가져다 느낄 수 있게 옮기는 작업이기에 창작에 가깝다. 감독도, 배우도 아닌 어느 번역가의 참여만으로 영화에 기대를 갖게 되는 것은 그런 이유다. 그가 해체해 다시 우리 언어로 빚어낸 대사 덕분에 영화와 관객 사이에 미묘하게 떠어져 있던 빈칸이 채워진다. 이 책을 통해 그는 영화에서 더 나아가, 언어화되지 못해 일상 속을 희뿌옇게 떠다니던 상념과 감정을 명료하게 정리해준다.

김이나(작사가)

'번역: 황석희', 제목 참 얄궂어요.

2005년, 처음 번역을 해야겠다고 마음먹었을 때 직업 번역가가 되겠다는 생각은 단 한 톨도 없었습니다. 인터뷰에서 자주 언급했듯이 임용고시에서 도망쳐 뭘 해먹고 살지 고민하던 차에 막연히 선망했던 게 '번역: 황석희'가 적힌 책 한 권이었을 뿐이에요. 직업 번역가로서 커리어를 이어갈 생각은 아니었죠.

그 막연한 생각에서 시작한 일이 어찌어찌 벌써 18년째, 그것도 생각과 달리 출판 번역가가 아니라 생뚱맞게 영화 번역가가 됐어요. 그리고 한술 더 떠 이제는 상상도 못한 방식으로 '번역: 황석희'가 표지에 적힌 책을 갖게 됐습니다. 책 한 귀퉁이에 작게나마 이름이 올라가길 바랐을 뿐인데 표지에서 가장 큰 폰트로 '번역: 황석희'가 적힌 책을 갖게 될 줄이야. 심지어 제가 떠올린 제목도 아니고 출판사에서 의견을 모아주신 제목이에요. 그래서 자꾸만 유치하게 '운명' 같은 단어들을 갖다붙이고 싶다가도 고개를 절레절레 오그라든 손가락을 하나씩 폅니다.

굵직한 제목과 달리 책의 내용은 번역가의 소소한 일상 이야기예요. 더 구체적으로 말하자면 제가 일상을 번역하며 떠올린 상념을 엮어놓은 책이죠. 18년을 번역가로 살다보니 세상이 다 번역으로 보입니다. 사실 우리는 누구나 번역가거든요. 상대의 말은 물론, 표정과 기분을 읽어내 각자의 언어로 이해하는 것도 번역이고 콧속에 들어온 차끈한 아침 공기로 겨울이 오고 있음을 깨닫는 것도 일종의 번역이죠. 그 과정에서 때론 오역을 하기도 하고 과한 의역을 하기도 해요. 그런데 반드시 정역해야 하는 제 일과 달리 일상의 번역은 오역이면 오역, 의역이면 의역 그 나름의 재미가 있죠.

늘 정역에 묶여 있는 저는 이렇게 일상을 부담 없이 번역해 세상에 내보인다는 게 묘한 일탈처럼 즐겁습니다. 독자 여러분은 이 책을 어떻게 번역하실지 설레는 마음으로 기대하겠습니다.

2023년 가을
황석희

일러두기 ↓

본문에서 영화나 드라마 등 영상 콘텐츠의 제목은 **강조** 처리되었고,
같은 글 안에서 반복해 나올 경우 밑줄 처리되었습니다.
그 외에 도서명은 『』, 기사명은 「」, 곡명은 〈〉으로 표기되어 있습니다.

본문 속 영화나 드라마의 개봉연도는 한국 개봉일이 아닌
최초 개봉일을 기준으로 표기되어 있습니다.

본문의 외래어 표기 가운데 인물명, 그중 배우는
그 특성상 대중에게 더 많이 통용되는 표기법을 따랐습니다.

1부

최대 두 줄, 한 줄에 열두 자

2부

나는 참 괜찮은 직업을 골랐다

1부

최대 두 줄, 한 줄에 열두 자

왁스 재킷을 샀다

외출할 일이 적다보니 옷을 사는 일이 좀처럼 없다. 그저 입던 옷을 몇 년이고 몇 년이고, 물리적인 이유로 못 입게 될 때까지 입는다. 그나마 결혼한 후로는 쉰내 풍기던 자취방 총각 꼴로 다닐 수 없어 외투 정도는 멀끔하게 입으려 노력한다.

올가을엔 몇 년 만에 재킷을 한 벌 샀다. 봄, 가을에 입기 좋은 두께에 짙은 세이지 색, 장식은 하나도 없지만 주머니가 많아서 나처럼 칠칠치 못한 사람에게 좋다. 얼핏 보기에는 수수한 아저씨 재킷 같아서 유행도 타지 않을 테고 관리만 잘하면 10년도 넘게 입을 수 있겠다. 게다가 동네 마실 나갈 때 걸쳐도, 외출할 때 걸쳐도 무리 없는 무난한 스타일. 나 같은 사람에겐 이상적인 조건의 재킷이다. 단, 왁스 재킷이라서 초반엔 불편하다는 후기가 많았다.

"닿는 곳마다 왁스가 묻어서 찝찝하고 불편함."

한 2주 정도 바람 잘 드는 곳에 말리면 입을 만하다는 후기를 보고도 망설였다. 가을이라 해봐야 한 달이면 지나는데 2주나 못 입는다고? 2주나 못 입는 옷을 사다 걸어놓을 필요가 있나? 옷 가지고 고민하는 것조차 번거로워서 그냥 구매 버튼을 눌러버렸다. 며칠 후 받아든 왁스 재킷은 비닐 포장에 들어 있었고 꺼내면서부터 손에 왁스가 묻어 축축했다. 왁스를 바른 건지 왁스에 담근 건지 도저히 그대로 입을 순 없었다. 나는 투덜대며 인터넷 후기에서 본 대로 바람 잘 드는 베란다에 재킷을 걸었다. 무슨 옷 하나 입는 데 2주를 기다리래. 2주가 얼마나 긴 시간인데.

⋯긴 시간? 걸어둔 재킷이 머릿속에서 잊힐 즈음엔 이미 3주가 지나가 있었다. 3주간 외출할 일이 한 번도 없었다. 물론 거의 매일 딸과 산책을 나가지만 놀이터에서 아이를 수십 번 들어올리고 내리고 하는데 왁스 묻은 옷을 입을 순 없으니까. 결국 베란다 2주형을 선고받았던 왁스 재킷은 기약 없이 4주 가까이 억울한 옥살이를 해야 했다.

은둔형 외톨이나 다름없는 번역가가 2주 외출 못할 걸 걱정했다니 주제를 망각하셨다. 그나마 한 달에 두어 번 있던 GV(guest visit: 영화 상영 후 관객과의 대화)도 코로나가 한창인 시국이라 없다시피 해서 나갈 일이 더더욱 없었다. 나만 이런 게 아니라 번역가는 원래 외출이 뜸하다. 한 프로젝트의 일정을 일주일로 잡는다치면 보통 그 일주일은 온전히 작업 시간만을 계산한 일수다. 팔자 좋게 '사적인 일정이 생길지 모르니 하루 정도를 더 넣자' 하고 정하는 일주일이 아니다. 그러니 피치 못할 사정으로 하루 외부 일정을 하고 오면 일이 밀리고 그다음, 다다음 프로젝트까지 고생이 이어진다. 그럴 때마다 과거의 나를 소환해 삼백마흔다섯 대쯤 뺨을 내리치고 싶어진다.

각 프로젝트 사이에 내가 쉴 날을 하루이틀 넣는 것도 마음처럼 쉬운 일이 아니다. 번역가의 일정은 번역가의 사정이 아니라 대개 클라이언트의 사정으로 정해진다. 클라이언트가 원하는 건 자신들이 원하는 시기와 기간에 맞춰 작업해줄 번역가다. 세워둔 일정에 차질을 빚더라도, 심지어 개봉 시기를 조율해서라도 반드시 특정 번역가를 써야 한다는 의지를 보인다면 모를까 번역가의 편의에 맞춰 일정을 짜기는 어렵다. 물론 내 편의대로 일정을 짜고 급하게 오는 의뢰를 거절할 수도 있다. 백수가 될 각오만 선다면 뭔들 못할까.

번역가들이 불쑥 나오라는 친구의 전화에 반색하지 못하는 이유가 바로 이거다. 한참 전에 정해놓은 약속이 아니면 나가기가 어려워서 늘 바쁜 척한다는 핀잔을 듣고 산다. 실제로 번역가가 가족에게 혹은 친구에게 가장 많이 듣는 이야기 중 하나가 "바쁜 척한다"다. 지금이야 경력이 18년이나 됐으니 가족도 친구도 내 일의 성향을 어느 정도는 이해하지만 그전에는 별의별 억울한 오해와 트러블이 다 있었다. 그 과정에서 인간관계는 거의 절반의 절반 정도로 추려졌다.

오래전부터 알고 지내던 어떤 번역가 누나가 있다. 그도 번역가답게 외출이 뜸했다. 그런데도 구두를 참 좋아했는데 정말 마음에 드는 구두를 사놓고도 신을 일이 없다고 한숨 쉬는 일이 많았다. 그러던 어느 날 결국은 만족스러운 해결책을 찾았노라고 대단한 비밀을 알려주듯 말했다.

"책상 아래에 신문지를 깔고 새 구두를 신고서 작업하면 돼."

그러면 종일 새 구두를 신고 있을 수 있다며 킥킥댔다. 나는 어이가 없어서 집구석에만 박혀 있다보니 실성한 거 아니냐고 했다가 꿀밤을 대차게 맞았다. 아니, 아무리 못 나가서 답답하다 해도 인간적으로 그렇게까지 해야 돼?

…나는 오늘 왁스 재킷을 입고 책상 앞에 앉았다.

벗었다. 이놈의 왁스가 등받이며 팔걸이며 안 묻는 곳이 없다.

그때 웃어서 미안해요, 누나.

농아라고 쓰시면 안 돼요

셰이프 오브 워터: 사랑의 모양이 종영할 즈음 페이스북 페이지로 *2017* 장문의 메시지가 왔다. 자막에 잘못된 표현이 있다는 지적이었다 (이 당시만 해도 직접 관객들에게 피드백을 받았다). 보통은 지적이 오면 내용을 읽기도 전에 가슴이 철렁하다. 부디 관객의 오해이길, 내게 완벽하게 변명할 말이 있기를 빌며 손에 쥔 화투장을 확인하는 도박꾼처럼 바들바들 떨리는 손으로 첫 줄을 확인한다.

대개 이런 메시지에선 오역이나 오타, 설정 오류 등을 지적하는데 이번엔 상상도 못한 내용이었다. 심지어 처음엔 조금 억울한 마음까지 들었다. 메시지의 내용은 이랬다. 영화의 주인공 엘라이자는 입말을 하지 못하고 수어를 쓰는 언어장애인인데 그를 '농아'라고 칭하면 안 된다는 것이다. 이 메시지를 보낸 관객은 다름 아닌 청각장애인이었다. 당황스러웠다. 번역 당시 '벙어리'라는 표현을 쓰지 않으려고 주위 여러 사람에게 의견을 묻고 조심스레 쓴 표현이었기 때문이다. 그리고 실제로 국립국어원의 표준국어대사전의 정의에 따르면 농아는 멸칭이 아니다.

농아(聾啞)

[명사] ① 청각장애인과 언어장애인을 아울러 이르는 말.

이게 무슨 문제가 있다는 걸까. 나는 나름 배려한다고 조사해서 쓴 표현인데 지적을 들으니 살짝 불쾌감이 올라왔다. (지금 생각하면 얼마나 시건방진 시혜적 사고인지, 귀가 다 발갛게 달아오른다.) 그래서 나도 답장으로 장문의 메시지를 보냈다. 이왕 이렇게 된 김에 다소 따지는 것처럼 보이더라도 배울 건 배워야겠다는 생각이었다. 청각장애인을 지칭하는 표현에 관해 헷갈리는 것들과 당사자들의 생각은 어떤지 등을 물으며 조언을 구했다.

그뒤로 대화를 이어가며 설명을 듣자 금세 이해가 됐다. 농아는 귀머거리 농(聾), 벙어리 아(啞), 그저 두 가지 장애를 결합해놓은 표현이라 장애만을 지칭할 뿐 장애인의 정체성을 나타내지는 않는다는 것이다. 비할 바는 아니지만 쉬운 예를 든다면 안경 쓴 사람을 "야, 안경!"이라고 부른다거나 얼굴에 여드름이 많은 사람을 "야, 여드름!"이라고 부르는 것과 비슷한 결이다. 그러니 정확하게 쓰려면 '농아인'이라고 써야 하며 실제로 농아인들은 '농아'라는 표현을 굉장히 불쾌해한다고 했다. 장애를 자신의 정체성이자 개성이자 삶으로 인식하고 자랑스러워하는 농아인들도 있는데, 그저 장애만을 설명하는 농아라고 칭해버리면 비하의 의미로 받아들인다는 거다. 정말이지 상상도 못한 내용이다.

천만 명이 넘는 관객을 모은 신과 함께라는 작품에서도 등장인물들이 주인공의 어머니를 농아라고 칭한다. 이때도 농아인 사회에서 불쾌해하는 사람이 많았다고 한다. 벙어리가 아니라 농아라고 쓴 것을 보아 신과 함께 제작진도 나와 같은 생각으로 조심스럽게 쓴다고 쓴 거였을 거다. 표준국어대사전에도 멀쩡히 나오는 단어이니 의심했을 리가. (보통 비하의 의미가 있는 표현은 '낮잡아 부르는 말'이라는 부연이 붙는다.) 신과 함께를 다룬 여러 방송과 기사를 봐도 농아라는 표현이 수십 번은 나온다.

적확한 표현을 쓰는 것이 업인 분들도 혼동할 정도니 나 같은 사람이야 오죽하랴. 2015년에 국가인권위원회는 이보다 한발 더 나아가 농아인을 청각장애인으로 바꾸자고 제안하기도 했지만 여전히 훨씬 많이 쓰이는 건 '귀머거리'와 '벙어리'다.

나는 보통 관객의 지적이 타당하고 반드시 번역을 고쳐야겠다는 판단이 서면, 영화가 극장에서 내리고 블루레이나 VOD 등으로 발매될 때 제작사에 따로 연락해 자막을 수정한다. 그런데 이게 참 어려울 때가 많다. 영화사 입장에선 굳이 안 해도 될 업무를 하는 거라 반가울 리가 없다. 기존엔 이런 걸 부탁하고 떼쓰는 번역가도 없었을뿐더러 고치지 않아도 누가 영화사에 연락해서 항의하는 일까진 벌어지지 않으니까.

게다가 직배사(디즈니, 워너, 소니, 폭스, UPI 등 대형 스튜디오 영화를 직접 배급하는 한국 지사) 영화라면 수정이 더욱 어렵다. 자막을 수정하려면 해외 스튜디오 본사의 컨펌이 필요할 때도 있고, 자막 자체를 해외에서 찍어서 관계된 상급자 몇 사람을 거쳐 올라가야 할 때도 있으니까. 셰이프 오브 워터: 사랑의 모양은 이십세기 폭스코리아의 작품이어서 수정을 부탁하면서도 큰 기대는 하지 않았다. 그런데 천만다행으로 여러 분들이 애써주신 끝에 '농아'라고 쓴 부분들이 모두 '농아인'으로 수정됐다. 이렇게 자막이 수정되면 마음의 짐을 아주 약간은 던다.

실수는 누구나 하지만 인정하고 고치는 건 쉽지 않다. 늘 자존심의 문제거든. 훗날 내 딸이 커서 이 영화를 같이 본다면 해줄 이야기가 하나 늘었다. 이참에 근사한 어른인 척 거드름 피울 멘트도 하나 짜냈다.

"아빠는 반성에 자존심 같은 거 없어."

"

이 자리를 빌려 너무나 좋은 가르침을 주신 닉네임 'Wolfkiba Kiba'님과
종영 후 번거로운 자막 수정 요청을 늘 너그럽게 받아주시는 영화사 분들께
진심으로 감사드립니다.

열심히 하는 게 중요한 게 아니야,
잘해야지

한창 파릇파릇하게 번역 경력을 쌓아가던 시절엔 몸이 상할 정도로 일을 무식하게 많이 했다. 그렇다고 늘 좋은 결과로 이어지진 않았다. 말도 안 되는 이유로 거래처에서 일이 끊겨도 열심히 하고 있다는 자부심 하나로 버텼고 그저 지금은 성실히 임하는 게 전부라고 생각하던, 모든 게 단순하던 시절. 그때 자칭 선배라는 사람에게 술자리에서 딱 저런 말을 들었다.

"열심히 하는 게 중요한 게 아니야, 잘해야지."

술잔을 내던지고 싶을 정도로 정나미가 떨어졌다. 그후로 의욕이 떨어져서 며칠 동안 일이 손에 잡히지도 않았다. 그럼 어쩌라는 거지? 그래서 잘하는 건 어떻게 하는 거지? 그 히죽대는 얼굴이 잊히질 않았다.

오래전부터 선배나 직장 상사, 소위 멘토라는 사람들이 자주 하는 말인데 세상에 이렇게 모호한 말이 또 있나 싶다. 무슨 말인지 알 것 같으면서도 결국은 어쩌라는 건지 알 수 없다. 대체 누가 이렇게 얄밉고 재수없는 말을 만들어서 백만 꼰대를 양산하는 겁니까. 애초에 노력 없는 재능은 없다. 게으르고 나태하고서 잘하는 사람은 픽션에나 있다(미디어가 만든 천재 영웅 서사가 사람을 망친다). 복서 플로이드 메이웨더 주니어는 50승 무패로 은퇴했다. 입 모아 불세출의 천재라고들 하지만 그는 복서들 중에서도 살벌한 훈련량을 소화하는 것으로 유명했다. 심지어는 은퇴하고도 매일 훈련한다. 어느 분야든 천재 소리 듣는 사람 중에 열심히 안 하는 사람이 없다. 자기 분야의 재능이 있는데다 '성실'이라는 재능까지 있는 거지.

사실 저 말을 하는 사람들의 진의는 대개 나태해도 된다거나 과정이 중요하지 않다는 말은 아닐 거다. '요령 없는 노력'이 부질없단 뜻이겠지. 똑같이 열심히 노력해도 어떤 사람은 엉뚱한 길로 뛰고 어떤 사람은 거꾸로 뛴다. 방향을 제대로 잡은 사람은 같은 노력을 해도 훨씬 빨리 좋은 결과에 이른다. 보통 '일머리가 있다' '요령이 있다'는 말을 듣는 사람들이 그렇다. 그런 선의로 하는 말이라면 선문답하지 말고 곧바로 요령을 가르쳐주는 게 좋잖아. 콕 집어 가르치는 게 뭐하면 방향이라도 귀띔해주든지. 무턱대고 "방법을 가르쳐주진 않을 터이니 스스로 깨닫거라"라는 무협 영화 스승처럼 굴지 말고. 돌려 돌려 말하기는 너무 비효율적이고 시간 아까운 짓 아닙니까, 스승님?

잘하고 싶어서 열심히 하는 사람에게 저것보다 의욕을 꺾는 말이 없다. 구체적으로 대놓고 결과만이 중요하다고 다그치든지, 유의미한 노력의 요령을 가르치든지. 둘 중 하나를 못 하고 저런 말을 하는 건 '통찰력 있(어 보이)는 멋진 멘토(같은 나)' 식의 자아도취 아닐까. 모든 노력이 보상받는 건 아니지만 열심히 안 하고서는 잘할 수가 없다는 걸 알면서, 왜 자꾸 있어 보이는 척인가.

물론 일을 하다보면 어떻게든 결과를 내야 하는 경우가 있다. 이럴 땐 아무리 열심히 했어도 결과가 없으면 인정받지 못하고 무능한 사람 취급을 받는다. 이건 직장인도, 프리랜서도 마찬가지다. 반드시 결과가 필요한 경우가 있으니 저런 말도 잘 팔리는 거겠지. 국가대표 축구 경기에서 패배한 감독이 인터뷰에서 "선수들은 최선을 다했습니다. 패배의 책임은 저에게 있습니다"라고 말할 때 사람들은 선수들에게도, 감독에게도 박수를 보낸다. 부하 직원들이 그렇게 노력했는데도 결과로 도출할 능력이 없었다면 본인을 탓할 것이지 열심히 한 부하 직원들에게 "열심히 하는 게 중요한 게 아니야" 같은 소릴 할 게 아니다.

결과가 없어서 당장 어떤 큰 불이익을 겪을지는 모르겠지만,

사람이 매번 벼랑 끝에 서 있는 것처럼 살 수도 없는 노릇이고 어쨌건 노력은 실패해도 앞으로 나아갈 수 있는 여지를 늘 남겨준다. 모든 결과를 혼자 감당해야 하는 프리랜서에게도 실패로 이어진 노력은 반드시 재산으로 쌓인다. 당장은 기회를 잃더라도 근육처럼 몸에 밴 노력의 흔적은 쉽게 사라지는 게 아니라서 다음 기회에는 실패에서 얻은 요령까지 더해져 더 효율적인 노력을 할 수 있게 된다.

실패하고 배우기를 반복하며 굳은살이 박이는 성실함. 이런 미련한 성실함은 단순해 보여도 아무나 쉬이 가질 수 없는 재능이다. 조직의 입장에선 결과를 내지 못하는 것이 치명적일 때가 있다는 건 인정해야 하지만 개인에겐 결과보다 노력이 중요할 때도 있다. 이상론, 낙관론이 아니라 실질적으로 그렇다. 갈수록 재능이니 결과니 하는 것을 강조하면서 노력과 성실을 저평가하는 분위기가 나는 아주 고깝다. 뭔가를 성취해낸 사람을 보면 노력의 방향을 잘못 잡았을지언정 바보 같고 우직하게 자기 일을 열심히 했던 사람들인 경우가 훨씬 많다. 내 생각이 그렇다는 게 아니라 실제로 주위에 소위 성공했다고 하는 사람들이 대부분 그렇다. 노력과 성실도 재능이라는 걸 언제쯤 이해할는지.

망작과 아빠의 눈물샘

더 보이의 내부 시사를 마치고 가까운 영화 관계자 중 한 분이 그런 말씀을 하셨다. 부모가 된 후로는 아이에게 무슨 일이 생기는 영화를 못 본다고. 더 보이는 슈퍼맨처럼 외계에서 온 아기가 훗날 자길 사랑으로 키워준 양부모를 살해하고 지구를 위협하는 최악의 빌런이 되는 판타지 공포 영화다. 그러니 편한 마음으로 볼 수 있을 리가. 나는 이제 아이가 막 태어나려 하는 참이어서 그때까진 부모가 된다는 게 어떤 느낌인지 정확히 알 수 없었다. '아무리 그래도 그게 영화 감상에까지 심각한 지장을 준다고?' 이때는 몰랐다. 내가 얼마나 눈물이 많은지.

아이가 생긴 후로 그 관계자의 말이 과장이 아님을 절실히 알게 됐다. 도대체 어떻게 된 일인지 아이가 납치당하거나 죽거나 사라지거나, 심지어 다치는 장면이 나와도 여지없이 펑펑 운다. 만듦새가 엉망진창인 영화를 봐도 그렇다. 전처럼 팔짱 끼고 앉아서 "아… 저 신파"라고 할 수가 없다는 거다.

키아누 리브스 주연의 <u>레플리카</u>라는 영화가 있다. 인간 복제 연구가 한창인 근미래가 배경이고 키아누 리브스는 인간 복제 연구소의 윌 포스터 박사를 연기한다. 영화를 짧게 요약하자면 아들, 딸, 아내와 함께 차를 타고 여행을 가던 윌 포스터는 폭우를 만나 차가 전복되는 사고로 가족을 모두 잃는다. 그는 가족을 너무 사랑한 나머지 미완의 기술인 인간 복제를 사용해 가족을 되살리려 한다. 하지만 당장 사용할 수 있는 복제 인간 배양 장비가 두 개밖에 없어서 세 명 중 한 명은 포기해야 하는 상황. 결국 피눈물을 흘리며 막내딸을 살리지 않기로 한다. 이제 며칠 후면 복제된 아내와 아들이 깨어난다. 윌이 배양 단계에서 그들의 기억을 조작해 막내딸의 기억만을 제거한 상태다. 윌은 두 사람이 깨어나기 전에 집안을 모두 뒤지며 딸의 흔적을 지운다. 기억에 없는 가족의 흔적이 집에 있으면 두 사람에게 혼란을 줄 테니까. 윌은 딸의 방을 통째로 비우고 장난감을 버리고 벽에 걸린 딸의 사진을 모두 치운다. 다 치웠다고 생각한 순간 식탁에 딸이 크레용으로 낙서처럼 그려놓은 가족 그림이 보인다. 수건을 가져와 그 낙서를 문질러 지우며 서럽게 우는 윌.

사실 키아누 리브스는 연기를 정말 못한다고 평가받는 배우다. 거의 30년째 소나무 같은 연기력이랄까. 정말 좋아하는 배우지만 '찐 팬'의 입장에서도 연기력에는 좋은 점수를 주기 민망하다. 그러니 어지간해서는 이 배우의 감정 연기로 마음이 동해본 일이 없었다. 지금까지는…. 아빠가 되면 눈물을 부르는 호르몬이 폭발하는 걸까. 낙서를 문질러 지우는 장면을 보다 말고 주책맞게 펑펑 울어버렸다. 키아누 리브스의 연기를 보다 울어버렸단 말이야? 그것도 자막을 점검한 횟수까지 치면 이 장면을 몇 번이나 봤는데 볼 때마다 입을 틀어막고 울었다. 자존심 상해라. 그런데 이후 내부 시사를 갔다가 극장에서 기어코 눈물샘이 또 터졌다. 그제야 실감했다. 키아누 리브스에게도 완패하는데 난 이제 글렀구나. 앞으로 이런 영화에서 연기 좀 한다는 배우들을 만나면 눈빛만 보고도 눈이 퉁퉁 부어버릴 거야.

농담 같겠지만 당신도 아이가 생기면 이 글이 생각날 거다. 그땐 일산 한구석에서 어떤 중년의 아저씨가 '추리닝' 바람에 헤드폰을 끼고 컴퓨터 앞에 앉아, 주먹을 입에 물고 꺽꺽 울고 있는 모습을 상상하며 위안삼기를.
아… 이제 나는 아이가 어떻게 되는 영화를 보지 못하는 몸이 되었습니다.

영화 보는 일이 숙제가 될 때

가끔 날 평론가라고 부르는 사람들이 있다. 정말 평론가로 생각해서 그러는 것이 아니라 여기저기 프로모션에 노출되어 작품을 설명하는 일이 잦다보니 직함을 헷갈리는 거다. 요새는 그때마다 정정하기가 무안해서 그냥 넘어가는 편이다. 혹시라도 호칭 틀린 것에 불쾌함을 느끼는 것으로 보일까 안절부절 소심한 마음에 겸연쩍게 웃고 만다.

호칭만 그런 것이 아니라 주변에선 나를 영화에 아주 해박한 사람으로 알고 있는 일이 많다. GV를 많이 해서 그럴까, 영화를 심층 분석할 수 있는 사람으로 생각하는 것 같다. 엄밀히 말해서 내 전문 분야는 언어지 영화가 아닌데. 내가 번역한 영화 속 대사에 관해선 말할 게 정말 많지만(아마 대사만 따지면 국내에서 할말이 가장 많은 사람일 거다) 그 외의 영화적 요소에 관한 이해도는 일반 관객들과 그리 다르지 않다. 심지어 영화를 깊이 파는 관객층이 두터워진 지금은 그들보다 영화적 이해가 떨어지는 일도 흔하다. 그래서 가끔 관객에게 너무 전문적인 질문을 받으면 당황해서 진땀을 뺀다. 다행히 대부분 옆자리에 날 구해줄 진짜 전문가, 영화 기자나 평론가가 계시지만.

　상황이 이렇다보니 영화 전문가는 아니라도 체면상 전문가 비슷한 행세라도 할 수 있어야겠다 싶었다. 그리고 영화 번역가로서 영화에 해박하지 않다는 게 뭔가 커다란 잘못처럼 느껴져서 내 번역을 위해서라도 해박해져야겠다는 생각이 들었다. 그때부터 레퍼런스 삼듯이 대중에게 손꼽히는 영화들을 마구잡이로 찾아다 보기 시작했다. 영화 얘길 하려면 일단 아는 영화가 많아야 할 테니까. "삼국지를 세 번 읽지 않은 사람과는 상대하지 말라"라는 말을 듣고 굳이 삼국지를 찾아 읽은 소심한 내가 아닌가. 그런데도 고등학생 때 처음 삼국지를 완독한 후로 아직 세 번을 못 채웠다. (만화까지 치면 열 번은 읽었지만 만화는 안 쳐줄 거 잘 안다.) 부디 내 지인들께선 넓은 마음으로 게으르고 무지한 나를 용서하시고, 나머지 두 번은 만화를 많이 읽은 것으로 퉁쳐주시길.

　일단 영화 역사상 굴지의 클래식 작품들부터 찾아 보기 시작했다. 시민 케인(1941), 카사블랑카(1942), 아라비아의 로렌스(1962), 현기증(1958), 멋진 인생(1946) 같은 작품들. 처음 몇 작품은 그런대로 감상했는데 나중엔 조급증이 도졌다. 아무리 생각해도 영화로 아는 척하려면 볼 영화가 너무 많았다. 영화를 1.5배속으로 보기 시작했다. 그렇게 본 영화가 그래도 꽤 많아졌다. 편 수가 쌓일수록 적금이 쌓여가는 것처럼 마음이 뿌듯했다.

그런데 문제는 그럴수록 영화에 정이 떨어져간다는 거였다. 어디서 주워들은 미장센이니 딥 포커스니 맥거핀이니 하는 것들을 스크린에 대입할 때마다 지금 영화를 보고 있는 건지 전자제품 매뉴얼을 보고 있는 건지 구분이 안 됐다. 나도 모르는 새 영화는 마지못해 하는 밀린 숙제 같은 존재가 돼 있었다.

천만다행으로 권태의 출구는 있었다. 7인의 사무라이라는 일본 영화를 볼 때였다. 이번에도 1.5배속으로 감상하다가 1/3 지점쯤 봤을까, 배속재생을 풀었다. 따지며 보자면 수많은 영화적 장치와 선구적인 설정과 기법이 있겠지만 영화 그 자체로 정말 즐거웠다. 부담 없이 만화책이나 블록버스터 영화를 보는 것 같은 기분. 만화책『원피스』,『슬램덩크』나 영화 어벤져스처럼 "너, 내 동료가 되라!"가 기본 설정인 영화였는데, 밀린 숙제더미 속에서 정말 재밌는 만화책 한 권을 발견한 듯 끝까지 강렬한 덕후의 눈빛을 유지한 채 감상했다.

따분해 보이던 고전 영화를 그렇게도 볼 수 있다는 게 신기해서 이런저런 해석 글도 찾아보고 평론가의 리뷰도 찾아 읽고 하다보니 흥미로운 지점이 많았다. 영화를 볼 때도 다시 즐거웠고. 그후로 배속재생 같은 짓은 그만뒀다. 부질없게 느껴졌거든. 먼 훗날 피치 못할 사정으로 억지로라도 영화에 정을 떼야 하는 날이 오면 그때나 써먹어야지.

감상한 영화의 편 수를 늘리는 것은 겉멋 부릴 수 있다는 것 말고는 내게 도움되는 게 하나도 없었다. 아무래도 공부처럼 접근하는 건 체질상 안 맞는 모양이다. 전문가가 아닌 이상, 덕질의 영역에서 그 분야에 해박해져야 하는데 즐겁지 않으면 이미 덕질이 아니다. 이렇게 생각하고 나니 오히려 마음이 편해졌다. 내 분야에서만 해박하면 돼. 모르는 건 모르는 거다. 그런데 아, 생각해보니 아직도 E.T.를 못 봤네….

서로의 온기에 기대어

한창 작업중에 책상 위 휴대폰에서 문자 알림이 울렸다. 얼핏 보니 첫 줄이 '부고'였다. 깜짝 놀랄 일은 아니다. 마흔이 넘으면 또래 부모님들 연세가 70, 80대라 부고 연락을 받는 일이 생각보다 잦아진다. 그러다보니 부고 문자를 받고 감정이 크게 동요하는 일은 많지 않다. 아주 친한 지인의 부모상이면 모를까. 그런데 이번엔 눈을 의심하게 하는 부고였다. 나보다 겨우 다섯 살 많은 영화수입사 대표님의 이름 앞에 '故' 자가 붙어 있었다. 혹시 잘못 온게 아닌가 싶어 문자를 보낸 직원분에게 전화를 걸었다. 그분이 그분이 맞느냐, 이게 어떻게 된 거냐, 언제 그러신 거냐 생각이 정리되지도 않은 채로 더듬거리며 물었다. 그 직원분도 사망 사실 말고는 아는 게 거의 없었다. 불길한 생각이 들었다. 그 어느 때보다 어려워진 외화 업계에서도 꾸준히 외화를 수입하고 개봉하던 회사였는데 관객이 안 들다보니 개봉하는 영화 편 수에 비례해 손해와 빚이 쌓여갔다. 그래서 회사 사정이 아주 어렵다고, 많이 괴로워하신다는 이야기를 종종 들었다. 아마 부고를 보고 가슴이 철

링했던 건 그 때문일 거다.

고인과 함께한 영화는 총 여섯 편. 만듦새가 좋지 않은 작품도 있었고 정말 좋은 작품도 있었지만 안타깝게 모두 흥행엔 실패했다. 유의미한 성적을 내지 못하면 손해를 고스란히 수입사가 떠안는다. 그럼 다음 작품을 구매하기는커녕 빚을 감당하는 것조차 어려워지고 빚으로 빚을 막는 악순환에 빠진다. 이건 특정 수입사만의 문제가 아니라 꽤 많은 수입사에서 비슷한 상황을 보인다.

언젠가부터 한국 외화 시장에서는 관객수 20만에서 100만 명 사이의 작품이 보이지 않는다. 간혹 운이 좋은 작품이 하나둘 보이긴 하지만 말 그대로 운이 좋은 케이스다. 관객들은 그래도 100만 명은 들어야 흥행작 아니냐 생각하겠지만 중소 수입사들은 영화 규모에 따라 20만에서 50만 명 사이면 제법 수익이 남는다. 그렇게 수익이 남아야 회사를 유지하고 다음 작품을 구매하고 극장에 올릴 수 있다. 그러니 1년에 한두 작품만 저 정도 성과를 내준다면 빚에 허덕이지 않아도 된다. 그런데 한 수입사는커녕, 수십 개 수입사의 1년 개봉작 수백 편을 따져도 저런 성적을 내는 작품이 1년에 네댓 개도 되지 않는다.

지금 외화 시장은 아예 관객수 5만 명도 못 들고 망하는 대부분의 작품과 100만 명을 훌쩍 넘는 극소수의 작품들만 존재한다. 이 시장을 다채롭고 건강하게 유지해줄 그 중간이 없다는 거다. 원인을 찾자면 다양하겠지. 관객들의 기호는 물론이고 극장의 상영관 배분이나 정부의 부실한 다양성 영화 지원책 같은 실질적인 조건들도 큰 영향을 끼친다. OTT의 인기로 그렇게 된 게 아닌가 싶겠지만 OTT가 주류가 되기 이전부터 외화 시장은 그랬다. 그러니 OTT가 전면으로 부상한 지금은 상황이 어떻겠나.

매년 연말 마지막 작품을 번역할 때 SNS에 그해 작업 소감을 남긴다. 그때마다 꼭 쓰는 문장이 있다. "부디 내년엔 한국의 모든 영화 수입사가 50만 명 부근의 작품을, 더도 말고 한 편씩은 만날 수 있기를 진심으로 빕니다." 소박한 소원이라고 생각할지 모르겠지만 업계 사정을 아는 이들에겐 꿈같은 소원이다.

이렇게 힘들어진 시장에서 비극적인 사건까지 목격하고 나니 겁이 난다. 빈소에서 돌아와 친분이 있는 수입사 대표님들에게 연락을 돌렸다. 하나같이 큰 충격을 받았고 슬픔에 잠겨 계셨다. 그중 어느 분이 이런 말씀을 하셨다.

"사실 수입사 모두 고만고만한 선에서 아슬아슬하게 버티고 있는 터라 다들 충격이 너무 크다. 올 게 왔다는 생각이 들었다."

또 어느 분은 비보를 듣자마자 그 자리에서 오열했다 하셨다. 큰 친분이 있던 사이가 아니었음에도 그 처지에 동질감이 느껴진다고. 또 고인에게 손을 내밀어주지 못한 자신들을 탓했다. 각자가, 각자의 미안함과 죄책감으로. 나도 고인과 어떤 작품들을 진행했었는지 하나씩 뒤지다보니 온갖 생각이 다 든다.

이건 흥행할 수도 있었는데, 이것도 그렇게 처참하게 실패할 작품은 아니었는데. 자막이 더 좋았더라면 관객이 더 들었을까. 혹시 내 자막에 성의가 부족해서 관객들이 이 영화의 진가를 못 알아본 건 아닐까. 그때 어떻게 작업했더라. 쏟아야 하는 정성을 충분히 쏟았나. 힘들어서 쉽게 쓰고 지나간 건 없었나. 그중 한 편만 수익을 남길 정도로 흥행했더라면 이런 일은 피할 수 있지 않았을까.

별의별 주제넘은 가정들이 꼬리를 물고 머릿속을 빙글빙글 도는데 이것도 자의식이지, 생각을 잘라낸다. 주제넘은 죄책감이다. 개인의 가장 존엄하고 내밀한 선택에 내가 끼어들 여지는 없다.

그날 이후로 며칠이 지나도록 여러 업계인들과 위로를 나누고 함께 애도하면서 애써 서로의 온기에 기댔다. 이렇게 추운 지금이야말로 서로의 온기에 기댈 때다.

"
김동영 대표님의 명복을 빕니다.

영화 번역가는 자막 봐요?

관객들과 번역 애기를 하다보면 단골로 나오는 질문 중 하나다. 얼마 전에 다른 번역가가 작업한 영화의 시사회에 초대받아서 나와 동시통역사님, 영화 기자님 셋이 나란히 영화를 본 적 있다. 잘 보고 나와서 같이 커피를 마시다가 갑자기 영화 기자님이 그런 말을 꺼냈다.

"○○ 장면에서 ○○ 대사 자막 오역이던데 두 분 다 아셨죠?"

나와 통역사님은 풉 하고 웃고 말았다. 우린 둘 다 그 자막이 오역인지 모르고 봤다. 기자님의 설명을 들어보니 오역이 맞았다. 그런데 정작 영어를 다루는 둘은 그 사실을 눈치채지 못했다. 아니다, 눈치를 못 챘다기보다 얼핏 오역이 있었던 걸 까맣게 잊어버린 것 같다. 나는 통역사님에게 따졌다.

"아니, 어떻게 영어를 실시간으로 통역하시는 분이 오역 하나 못 집어내실 수 있어요? 네?"

통역사님은 내게 따졌다.

"아니, 대사 번역해서 자막을 쓰시는 분이 어떻게 영화 보면서 오역을 못 잡아요? 네?"

할말이 없어서 막무가내로 따지고 봤다.

"저야 그냥 넋놓고 봤죠! 잘 써주셨겠거니 하고."

통역사님은 한술 더 떴다.

"저야말로 그냥 자막만 봤죠. 영어, 듣기만 해도 짜증나!"

정말이지 한심한 직업인들 같으니라고. 사실 오역을 잡으려고 작정하고 영화를 보면 몇 개든 못 잡을까. 마찬가지로 다른 프로 번역가, 통역가가 내 자막을 보더라도 오역을 주머니에서 동전 꺼내듯 휙휙 잡아낼 거다. 일반인들도 찾아내는데 프로들이 찾으면 얼마나 징그럽게 찾아대겠어. 그런데 우린 그게 스트레스인 거다. 프로 번역가가 잘해주셨겠거니 하고 믿고 보고 싶은 거지. 프로 셰프가 남의 식당 가서 이건 굽는 온도가 틀렸네, 간이 살짝 덜 됐네, 기름을 잘못 썼네 따위의 것들을 따지지 않고 그냥 아무 생각 없이 차려나온 음식을 맛있게 먹고 싶은 것처럼.

영화를 번역할 땐 자막이 없는 상태의 영화를 쭉 한번 봐야 해서 어쨌건 신경을 곤두세우고 대사를 듣는다. 이땐 영어 대사를 듣는 행위가 작업의 일부라 엄연한 노동이다. 내게 맡겨진 일을 할 땐 당연히 노동을 해야 하겠지만 그저 영화를 즐기러 갔을 땐 최대한 노동을 피하고 싶다. 쉬는 시간까지 자막 없는 영화를 보고 싶진 않다. 정확히 말하면 자막 없이는 외국어 영화를 아예 보지 않는다. 이미 누군가 공들여 만들어준 자막이 있는데 굳이 그걸 안 보고 노동처럼 영어만 듣다 올 필요가 있나.

그래서, 결론은 오역이고 뭐고 못 잡는다. 못 잡는다기보다 귀에 거슬리는 게 스쳐가더라도 대수롭지 않게 생각하고 넘어간다. 오역은 날파리와 마찬가지로 미스터리하게 자연 발생하는 존재라 생각하는 게 마음 편하기도 하고.

직업병 때문에 안 좋은 자막을 볼 때마다 스트레스받고 머릿속으로 자동 감수하고, 좋은 자막을 보면 부러워서 자괴감이 들기도 하지만, 진심으로 영화를 즐기러 들어갈 땐 기를 쓰고 직업병에서 벗어나려고 한다. 그러니 영화관에 들어갈 때부터 번역을 100% 신뢰하겠다는 마음으로 들어간다. 하나하나 따져서는 제 명에 못 산다는 걸 잘 아니까. 극장에 가면 나도 그저 팝콘 씹고 콜라나 쪽쪽 빨아 마시면서 늘어진 자세로 영화를 즐기다 오고 싶다. '까짓거 오역 좀 있으면 어때?'의 태도라 오역을 발견해도 거의 실시간으로 머리에서 지운다고 해야 할까. 극장을 벗어나면 기억 속에 오역이 남지도 않는다.

그래서 자막에 오역 시비가 있어도 제일 늦게 아는 사람. 그 사람이 바로 나예요. 저도 자막 봅니다. 아니, 자막 없으면 영화 못 봅니다.

쿨한 번역가

번역가처럼 하청을 받아 일하는 사람들은 클라이언트의 요청을 있는 그대로 반영하기 어려울 때가 많다. 아무래도 비전문가들의 피드백이라서 그대로 모두 반영하면 결과물이 대개 엉망이 되기 때문이다. 몇 년 전 칸 영화제 포스터가 바뀌게 된 과정을 유머처럼 설명한 글이 인터넷에서 이슈가 된 적 있다. 간결하고 감각적이었던 최초 포스터에 클라이언트의 피드백이 하나둘 더해지면서 결과물이 점차 망가지는 예를 보여주는 글이었다. 너무 극단적으로 표현한 유머 글이니 실제 그 정도의 피드백이 오진 않지만, 현실에서도 아무 생각 없이 모든 피드백을 반영했다간 그렇게 참담한 결과물이 나올 수 있다.

오래전 알고 지내던 동갑내기 번역가 중에 정말 쿨한 친구가 있었다. 지금도 그런지는 모르겠지만 당시에 그 친구는 작업을 완료해서 넘기면 더이상 그 작업물에 미련을 갖지 않았다. 클라이언트가 어떻게 고치든, 뭘 넣고 빼든 전혀 신경쓰지 않았다. 프로니까 돈을 받고 작업을 완료했으면 일단 그것으로 끝이라는 거다. 나는 케이블 TV 외화를 번역하던 시절에 내 자막을 말도 없이 난도질했던 감수자랑 치고받기 전까지 싸운 적도 있다. 그런 내 눈에 이 친구는 그야말로 쿨의 화신이었다. 그렇다고 무책임해 보이지도 않았다. 그저 그땐 프로답다는 생각이 들었다. 받은 만큼 일하고 손 터는 게 프로니까. 반면 나는 왜 이리 구질구질 미련을 남기나 싶었다.

이런 케이스가 흔한 건 아니다. 내가 아는 거의 모든 번역가는 결과물에 애착이 강하고 클라이언트의 피드백 때문에 속앓이를 한다. 나도 가끔은 그냥 클라이언트의 요청을 군말 없이 다 들어주고 무조건 "Yes" 하고 싶은 생각이 굴뚝같다. 일일이 설명해야 하고 설득해야 하고… 솔직히 감정이 소모되는 일이다. 더 큰 문제는 그렇게 결과물 가지고 씨름하다보면 '같이 일하기 까다로운 사람'이란 평이 붙는다는 거다. 나는 결과물에 애착을 갖고 하는 행동이라지만 클라이언트의 눈엔 종종 월권이나 시건방으로 보이기도 한다. 건별로 일을 수주하는 프리랜서의 입장에서 그런 평이 쌓이는 건 위험한 신호다. 업계 내에서 스스로 번역가 수명을 깎아 먹고 있다는 의미니까.

지금이야 혈기왕성하던 시절처럼 내 번역을 완강하게 고집하거나 피드백에 감정이 크게 상하는 일은 좀처럼 없다. 영화 번역이라는 게 하나의 팀워크 과정이고 번역가는 그 과정에 속한 개인이라는 걸 비교적 빨리 깨달았다. 그래서 최대한 피드백을 수용하고 다듬는다. 클라이언트를 설득하는 것까지가 프로의 의무라고 생각하지만, 설득에 실패하는 경우에도 직관적으로 더 낫다고 판단할 안을 제안하지 못한 내 탓이라 여기고 넘어간다.

마음을 여기까지만 먹어도 팀워크가 불편하거나 힘들지 않다. 외화계의 클라이언트들도 자막을 워낙 오래 봐온 분들이라 터무니없는 피드백을 주는 일이 거의 없다. 오히려 반짝반짝한 양질의 피드백을 주는 일이 훨씬 많다. 내 오역을 걸러주는 일도 많고(내 모가지를 여러 번 살린 분들이 몇몇 계신다). 문제는 영화 비즈니스에 갓 진입했거나 영화계 외부에서 오는 의뢰들이다. 이 클라이언트들은 자막을 다뤄본 경험이 없다보니 피드백이 제법 심각하게 온다. 영어는 기본적으로 잘하는 분들이라 의미엔 큰 차질이 없는데 자막에 최대 다섯 글자로 들어가야 할 부분을 열댓 자로 피드백을 준다거나, 누가 봐도 어설픈 번역기 직역 자막 투 같은 것들로 피드백을 주는 식이다.

클라이언트가 잘못된 건 아니다. 번역가에게 악감정이 있어서 그러는 것도 아니고. 분야가 낯설다보니 모르는 게 당연하지. 같이 일해오던 클라이언트들은 어련히 아는 내용들이라 구구절절 설명도 필요 없지만, 외화 업계를 잘 모르는 클라이언트들과 일할 때면 일일이 설명하고 설득하는 게 쉽지 않다. 게다가 그 설득이 잘 먹히면 다행이지만 피드백을 고집하는 완강한 클라이언트면 그때부턴 정말 힘들다. 그럴 때면 이번에도 설득에 실패한 내 탓이다 하고 넘어갈 수밖에. 속은 별로 좋지 않지만.

그런 경험을 할 때마다 옛날 그 친구가 떠오른다. 나도 언젠가는 그렇게 쿨할 수 있을까. 그 친구처럼 쿨한 것도, 나처럼 구질구질한 것도 장단이 있겠지만 이럴 때면 마냥 쿨해지고 싶다. 아득바득 달라붙어 우기든 어쩌든 번역료는 똑같이 나오는데 그편이 정신 건강에 얼마나 좋겠어. 어떻게 하는 거니, 쿨한 번역가.

엄마는 그런 줄만 알았다

영화를 수백 편 번역할 동안 어머니에게 내가 작업한 영화를 보여드린 적이 없었다. 글을 너무 느리게 읽으셔서 빨리 지나가는 자막을 이해하기도 어려우신데 설상가상으로 시력이 보통 나쁘신 게 아니거든. 한쪽 눈은 일하다가 다치셔서 거의 안 보이는 수준이다. 기본적으로 외화를 자막으로 즐길 수 있는 상태가 아니다. 그래서 아예 영화를 보여드릴 생각조차 못했다.

그러다 스파이더맨: 홈커밍이 개봉했을 때다. 워낙 큰 작품이라 그런지 TV며 인터넷이며 광고가 끊임없이 나오는 바람에 주위에서 '석희가 번역한 영화'라고 하는 말을 들으신 모양이다. 그날은 웬일로 이 영화가 보고 싶다고, 보여달라 하셨다.

"화면도 요란하고 자막도 빨리 지나갈 텐데 괜찮겠어?"

그래도 보고 싶으시단다. 동생과 다녀오라고 표를 끊어드리고도 걱정이 됐다. 막상 극장에 갔는데 자막을 제대로 못 봐서 실망하고 속상해하실까봐. 그날 저녁도 작업을 하고 있는데 영화를 보고 오신 어머니에게서 짧은 카톡 메시지가 왔다. 평소처럼 맞춤법도 다 틀린 삐뚤삐뚤한 문장으로.

"아들 영화잘밧어 스트레스가 확 날리고 더운날씨에 시원하게 잘 보고 다음에 기회가 된다면 또 보내주었으먼해 고마워."

갑자기 북받쳐서 눈시울이 시큰했다. 난 정말로 자막 영화를 못 보실 줄 알았다. 그래서 안 보여드려도 섭섭해하시진 않겠구나 했다. 지금껏 그런 줄만 알았다. 어머니는 그후로도 며칠을 스파이더맨 얘기로 들떠 계셨다. 너무 신나고 즐거웠다고. 생각보다 자막은 큰 문제가 되지 않은 모양이다. 하지만 그날 이후로 어머니는 글을 잘 배워서 자막을 더 잘 읽고 싶다 하셨다.

2022년 3월, 어머니는 학원에서 한글을 몇 달 배우시다가 드디어 야학에 입학하셨다. 초등학교 3학년 반이다. 그날부로 나는 공식적인 학부모가 됐다. 당신은 배움이 짧다는 걸 평생 부끄러워하셨지만 그건 잘못이 아닐뿐더러 당신의 탓도 아니다. 전부 모진 시대의 탓이다. 늘 자식에게 창피한 부모라 하셨지만 난 당신을 부끄러워한 적이 단 한 번도 없었다.

입학식에 참석한 학부모(자식)는 나를 포함해 둘이었다. 우린 우리 학생(부모)들의 이름이 불릴 때마다 질세라 박수를 치고 사진을 찍어댔다. 그리고 입학식이 끝난 후엔 기어코 반까지 찾아가 창문 밖에서 얼쩡대며 또 사진을 찍고 유난을 떨었다. 반에서 반장을 뽑고 오리엔테이션을 갖는 동안 나는 시설을 돌아다니며 이것저것을 살폈다. 화장실은 괜찮은지, 편의시설은 뭐가 있는지, 위생 상태는 좋은지. 아… 정말이지 극성스럽고 유난스러운 학부모다. 다행히 작년에 새로 지은 건물로 이전한 학교라 모든 환경이 훌륭했고 40년이 넘은 기관이라 믿음이 갔다.

오리엔테이션을 마치고 담임과 교장 선생님을 뵙고는 허리가 접혀라 연신 고개를 숙였다. 우리 엄마 잘 부탁드린다고. 아이의 층간소음 걱정으로 아랫집에 정기적으로 인사 갈 때를 제외하면 마지막으로 이렇게 굽실댄 적이 언제였나 싶다. 입학식이 끝나고는 한국의 유구한 전통을 따라 중국집에 가고 싶었으나 시국이 시국이었던 만큼 식당은 갈 수 없었다. 대신 문구점에 모시고 가서 공책이랑 연필을 잔뜩 사드리려 했더니 성격도 급하셔라, 오늘 오시는 길에 사셨단다. 평생 써본 적도 없는 샤프를 입학 기념으로 사오신 거다. 문방구에서는 3만 원짜리 샤프를 추천했고 어머니는 샤프가 원래 이렇게 비싼 거구나 싶어서 큰맘 먹고 사셨단다. 뒤집어쓰신 거지. 손잡고 가서 따지려다가 더 좋은 걸 사드릴 테니 조용히 내일 환불하시라 했다. 그까짓 거 써도 되지만 괜히 약오르잖아.

　입학식을 하는 강당 의자에, 아담한 교실 의자에 앉아 있는 어머니의 뒷모습만 봐도 들뜬 기운이 느껴진다. 어머니는 정말 그 시절 국민학생으로 돌아간 것만 같다. 그 뒷모습을 가만히 보고 있는 심정이 묘하다. 너무 기분좋은 날인데 희한하게도 마음 한구석이 시리다. 좋은 학부모가 되자.

우린 어쩌다 이렇게
후진 사람이 되어가는 걸까

요즘 젊은 세대가 버릇없고 무례하다고들 하는데 그렇다고 하기엔 사실 나이가 적으나 많으나 하는 짓은 비슷하다. 그리고 구체적으로 말하면 요즘 사람은 단순히 무례한 게 아니라 과민해서 무례해진다. 자극에 과하게 민감하다. 그게 어떤 자극이든 조금이라도 자신의 심기에 거슬리는 자극이면 그냥 넘어가질 못한다. 반드시 시비를 걸어 싸우거나, 싸우는 게 피곤할 때라도 기어코 비아냥 또는 빈정대기라도 하고 지나가야 속이 편해진다.

이제 이견을 이견으로 받아들이는 일은 좀처럼 없다. 이견은 나에 대한 공격, 더 나아가 나의 존엄을 짓밟는 일로 받아들여진다. 그러니 맞붙어 싸우든 이죽거리기라도 한번 하고 지나가야 내 존엄이 회복된다. 특히나 얼굴을 맞댈 필요가 없는 온라인상에서는 이게 일상이다. 이게 마냥 시대 탓일까. 사람들이 죄다 고경표 배우의 '뉘뉘뉘' 밈처럼 입을 아래로 삐쭉 내밀어놓은 채 사는 게.

남들 얘기가 아니라 나도 마찬가지다. 점점 자극에 과민해지는 걸까. 한마디 얹지 않으면 배알이 꼴려 죽을 것 같은 글들을 자주 본다. 그나마 들락거리는 커뮤니티는 다 실명제고 SNS도 실명을 사용하니 망정이지, 아니었다면 어지간히 이죽대고 다녔을 게 분명하다. 그렇다고 가명을 쓰면서까지 이죽대는 꼴을 상상하자니 내가 그 정도로 성실하게 음험하진 않다. 그냥 혼자서 '빡침의 이불킥'만 냅다 찰 뿐.

이것과 더불어 요즘 종종 생각하는 것 중 하나가 갈수록 구체화되는 모욕 표현이다. '뇌를 빨았다' '역겹다' 등 요즘엔 희한하게 모욕 표현이 전보다 훨씬 구체적이고 직접적이다. '밥맛없다' '재수없다' '짜증난다' 정도가 아니다. 아주 사소하게 거슬리는 일에도 '역겹다'란 말이 흔하다. 뭔가를 보고 욕지기가 날 정도로 혐오감을 느끼는 건 레벨 1부터 10까지로 치면 거의 10에 가까운 것 아니었나. 그 정도로 혐오스럽고 역한 것들이 그렇게 흔하고 많다는 건가.

종종 받는 욕설 메시지에서 '역겹다'라는 표현을 보면 이 사람은 나를 싫어하는 게 아니라 혐오하고 증오하는구나 하는 생각이 든다. 차라리 상욕을 들으면 오히려 그런 기분이 들지 않을 것 같다. 단순히 내게 화가 났구나, 생각할 테니까. 혐오와 증오의 대상이 된다는 건 정말 기분 더러운 일이다. 나는 '역겹다'보다 오히려

'좃같다'가 약한 표현으로 느껴진다. 연상되는 것도 없고 구체적이지 않은 상욕에 불과하니까. 누군가는 "역겹다는 말은 진짜 그 정도로 역하다는 게 아니라 단순히 수사일 뿐"이라고 하겠지만 그래서 더 이해하기 어렵고 더 문제되는 일이라고 생각한다. 저런 구체적이고 강도가 높은 표현들이 수사로 흔히 쓰인다는 게 내게는 뭔가를 암시하는 불길한 전조처럼 느껴진다. 이게 시작이면 시작이지 끝은 아닐 테니까. 그 끝에 뭐가 있을지 두렵다.

과민성 이죽거림과 비아냥을 습관처럼 손가락과 입에 달고 살고, 남을 모욕하거나 상처를 주려 할 때 언어를 실체가 있는 무기처럼 점점 구체화하여 사용한다. 우린 갈수록 잔인해지고 과격해진다. 아니다, 그것만도 못하게 갈수록 비열하고 저열해진다. 우린 어쩌다 이렇게 후진 사람이 되어가는 걸까.

강연을 수락하기 어려운 건

대학에서 학생들을 위한 강연 요청이 올 때마다 흔쾌히 수락하지 못하는 건 솔직히 강연료 때문이기도 하다. 이게 웬 속물 같은 소리인가 싶겠지만 나뿐만이 아니라 내 주변인(프리랜서)들도 강연을 거절하는 첫번째 이유가 보통은 강연료다.

단순히 큰돈을 받지 못해서가 아니다. 프리랜서나 사업가들이 강연을 한다는 건 일할 시간을 빼서 간다는 이야기다. 그렇다면 강연으로 얻는 수익이 최소한 집에서 작업하는 수익과 비슷한 수준이어야 한다. 그래도 오가는 시간이며 교통비며 뭐며 빼면 어차피 집에서 일하는 것보다 경제적으론 손해지만.

그런데 아주 극소수의 대학을 뺀 대부분의 대학에서 규정으로 정해놓은 외부 인사 강연료는 그리 크지 않다. 국립대학은 아예 상한이 정해져 있다. 그래서 강연을 간다는 건 거의 반드시 내 손해(수입 감소)로 이어진다. 그러니 다들 거절하는 거다. '집에서 일이나 하자'가 되는 거지.

나도 사정이 이렇다보니 학생들을 아무리 만나고 싶어도 강연료가 현실적으로 맞거나, 개인적으로 꼭 가고 싶은 이유가 있는 강연 자리라거나, 친한 지인의 부탁 같은 개인적인 이유가 아니면 강연을 거절하게 된다. 내 코가 석 자인데 일 내팽개치고 뻔히 손해만 보면서 강연을 다닐 순 없는 일이다. 그건 직업인이 아니라 한량이나 돼야 할 수 있는 일이다.

드물긴 하지만 아예 여유가 많이 날 때면 강연료 한푼 없이 중고등학교 강연을 나갈 때도 있다. 전에 한번은 어느 고등학교 영화 동아리에서 날 초대해서 갔던 적이 있다. 다 해봐야 10명쯤 됐는데 가보고 알았지만 심지어 선생님이 아니라 학생들이 초대한 자리였다. 어찌나 귀엽던지. 그래도 실컷 잘 놀고 왔다. 차라리 강연료 따위 없더라도 이편이 마음 편하다.

대학은 축제 때마다 연예인 섭외에 수억을 쓴다. 요새는 대학마다 유행처럼 연예인 섭외에 더욱 열을 올리고 있어서 누가 더 몸값 높은 연예인을 모시느냐, 학교 간의 자존심을 놓고 벌이는 배틀처럼 보이기까지 한다. 실제로 우리 학교에 요즘 가장 잘나가는 연예인이 온다면 어깨가 으쓱하긴 하겠다. 그분들이야 그만한 가치가 있고, 여러 요인들로 몸값이 그렇다는 것도 잘 안다.

그렇더라도, 그들만큼까지 지불할 필요는 없겠지만 지금보다 좀더 현실적인 강연료를 책정한다면 평소 보기 어려운 인사들의 질 좋은 강연을 학생들에게 훨씬 자주, 많이 들려줄 수 있다. 대학 강연료와 연예인 섭외비를 집행하는 주체가 다르다는 걸 모르는 건 아니다. 예산도 다르고 주체도 다르고 규정도 다르다. 하지만 그렇게 하는 이유를 잘 들여다보면 행정주의의 편리만을 추구하는 시스템 때문이다.

학생들에게 실질적으로 도움이 되는 좋은 이야기들이 대학에서 많이 들리면 좋겠다. 규모를 조금 키운다면 지역사회인들도 함께 들을 수 있는 문화 행사가 될 테고. 대학이라면 그런 데 돈을 더 써야 하지 않을까. 학생들의 귀한 등록금이 그런 곳에 더 많이 쓰이면 좋겠다.

영화 번역가를
그만두는 꿈을 꿨다

제목 그대로다. 정확히 말하면 그만두는 게 아니라 커리어가 끝나는 꿈을 꿨다. 번역가는 번역가인데 영화가 아닌 다른 뭔가를 번역하는 사람이 되어 있었다. 그런데 기분좋은 전직이 아니라 고향 땅에서 쫓겨나는 강제 이주에 가까운 설정이었다. 이 꿈은 이번 한 번이 아니라 진작, 꽤 오래전부터 여러 번 꿨다. 2년 정도 됐을까. 별안간 그런 생각이 들었다. 내 커리어가 생각지도 못한 타이밍에 끝날 수도 있겠구나 하는. 급부상한 OTT들과 코로나 등의 영향으로 극장 신이 휘청이니까 나도 영향이 없을 순 없거든. 체감되기도 하고.

내 작업량의 과반을 차지하던 외화 수입사 작품은 이제 전처럼 편 수가 많지 않다. 각종 OTT들이 영화 판권을 미리 구매해서 수입사들이 살 영화가 없거니와 대부분 사정이 어려워져서 작품이 있어도 쉽게 구매할 여건이 안 된다. 그래서 외화 수입 시장은 역대 최악의 시기를 맞았고 그 여파로 폐업하는 수입사가 속출하고 있다. 그렇다보니 이젠 수입사 작품들보다 유니버설픽쳐스, 워너브라더스, 소니픽쳐스, 디즈니, 파라마운트처럼 대형 스튜디오 영화를 직접 배급하는 직배사 작품들이 더 자주, 더 많이 개봉하는 것 같다.

직배사 중에선 소니픽쳐스와 가깝게 일하고 디즈니는 1년에 두세 편 정도, 유니버설픽쳐스는 거의 2년에 한 편. 다른 직배사들과는 일해본 적이 한 번도 없다. 이상한 일은 아니다. 애초에 회사별로 선호하는 스타일의 번역가가 있어서 번역가가 바뀌는 일은 극히 드무니까. OTT와 일하면 되지 않냐고 하겠지만 그쪽은 또 개봉관과는 시장이 전혀 다르다. OTT에서 활약하는 번역가가 개봉관에서 활약하는 일도, 개봉관에서 활약하는 번역가가 OTT에서 활약하는 일도 거의 없다.

결과적으로 평년에 비해 영화 번역 작업량이 많이 떨어지는데 희한하게 다른 쪽 일은 자꾸 많아진다. 지금 내 메일함은 영화 관련 메일보다 드라마 **파친코**처럼 한국어 대본을 만드는 작업이나 뮤지컬 관련 메일이 더 많다. 요새 하는 미팅이나 약속도 죄다 영화 외 작업 관련이다.

영역이 확장되는 것은 좋지만 조금씩 영화판에서 멀어진다는 느낌을 지울 수가 없다. 그것도 자의가 아니라 타의로. 영화 번역가로서의 인지도는 전보다 쌓이고 있는데 정작 영화판에선 멀어지고 있는 상황이, 괴리감이 크다. 점점 속 빈 강정이 되어가는 기분이다. 혹은 밖에선 다들 강정으로 알고 있는데 실은 속부터 양갱이 되어가고 있다거나. 괴리감이 커지면 자기 정체성을 의심하게 된다. '내가 정말 영화 번역가가 맞나?' 하는 의심. 그리고 정체성을 의심하기 시작하면 자기 실력까지 의심하게 된다. 아주 몹쓸 악순환이다.

손가락 관절이든 시력이든 청력이든 노화로 물리적인 문제가 생겨서 영화 번역가를 그만두는 게 꿈이지만 요즘 같아선 안 이루어지려나 싶다. 어느 자리에 가도 늘 소개 인사는 "영화 번역가 ○○○입니다"인데 앞 두 글자를 떼고 말해야 할 날이 생각보다 빨리 올지도 모르겠다. 바라건대 그날이 아주아주 천천히 오기를.

번역의 신 황석희

얼마 전 내가 번역해 곧 개봉하는 영화를 검색했다가 기사를 몇 줄도 읽지 못하고 한숨을 푹 쉬었다. 내 이름을 여러 번 언급하는 기사였고, 하나같이 도저히 얼굴을 못 들 수식어구가 붙어 있었다. '번역의 신'. 어디 집 근처에 토굴이 있으면 큰 이불을 하나 들고 들어가서, 그 깊숙한 곳에 꼭꼭 숨어 이불킥을 삼천사백오십팔만 번쯤 하고 싶더라. 번역의 신이라니 가당키나 한 말이냐고. 다른 번역가들 눈에는 얼마나 같잖게 보였을 것이며 관객들 눈에는 얼마나 오만해 보였을까. 별의별 생각이 다 드는 거다. 특히나 나처럼 남들 눈을 의식하는 자의식이 있는 사람은 이런 걸 보면 불편해서 한동안 밥도 안 넘어간다.

내 이름에 저런 닭살 돋는 미사여구가 붙은 걸 처음 본 게 9년 전쯤이다. 기사를 보자마자 너무 놀라고 당황스러워서 수입사에 연락했다. 수입사에서는 온라인 홍보 대행사에서 컨펌 없이 진행한 일이라고 기사를 내리겠다 했다. 이미 기사가 대여섯 개 매체에 나간 후였다. 지금 생각해보면 그걸 일일이 내리고 여러 커뮤니티에 올라간 홍보 글들을 내리느라 고생깨나 하셨을 거다. 그 일을 아는지 모르는지 그후로도 다른 영화를 개봉할 때마다 내 이름이 기사에 올라갔고 그중 대부분은 내 이름 위로 그 민망한 미사여구가 붙어 있었다. 1초도 쓰고 있기 싫은 거대하고 화려한 화관을 쓰고 있는 기분.

처음 몇 번은 수입사에 연락해 기사를 내리기도 했고 홍보 문구를 수정하기도 했다. 번역의 신이니 번역 천재니 하는 터무니없는 사기성 수식으로 내가 비웃음거리가 되는 것 같아 견디기 힘들었다. 그러다 결국은 하나하나 연락해서 기사를 수정해달라 요청하는 것도 어려운 지경까지 와서 손을 놓아버렸다. 그때마다 요청하려면 하겠지만 그것도 참 못할 짓이다. 이미지를 관리해야 하는 연예인도 아닌데 내 이름이 뭐나 된다고 기사마다 찾아가 이렇게 고쳐달라, 쓰지 말아달라…, 이것도 이상하게 비칠 수 있겠구나 싶어 쉬이 입이 떨어지질 않는다. 참 이럴 때면 한없이 소심하다.

그러다 언젠가 아는 수입사 대표님과 이 문제로 농담처럼 얘길 나눌 기회가 있었다. 놀랍게도 내가 민망해할 것을 잘 알고 계셨고 미안하게 생각하고 계셨다. 그럼에도 내 이름으로 기사를 한 건이라도 내는 이유는 영화에 마케팅할 거리가 별로 없어서라고 하셨다. 영화에 참여한 배우나 감독의 인지도가 높거나 영화의 설정이 아주 독특하면 마케팅할 것이 많지만 그렇지 않으면 홍보 기사를 낼 것조차 마땅하지 않다고. 그리고 무엇보다 문제가 되는 것은 홍보비였다.

내 이름을 홍보에 사용하는 영화는 직배사에서 개봉하는 블록버스터들이 아니라 거의 대부분 중소 수입사에서 개봉하는 작은 작품들이다. 블록버스터의 홍보비는 보통 수십억 단위, 수입사 작품의 홍보비는 평균 몇천만 원에서 많아야 최대 2억 수준이다. 마케팅할 거리도 많고 홍보비를 펑펑 집행할 수 있는 블록버스터에서는 굳이 번역가 이름까지 사용할 필요가 없는 거다. 반면에 마케팅거리도 적고 홍보비도 적은 수입사 작품은 주인공과 닮은 꼴 한국 배우든, 감독이 김치를 좋아한다고 올린 SNS 포스팅이든, 필요한 건 뭐든 하나라도 가져다 써야 하는 입장이다. 그러니 인지도가 손톱만큼이더라도 번역가 이름까지 끌어다 사용할 수밖에. 정말 나를 높게 평가해서 마케팅 포인트로 쓰는 곳도 있지만 모두가 그런 것은 아니다.

이런 사정까지 듣고 나니 더더욱 뭐라고 하기가 어려워졌다.

실은 어느 정도 체념한 상태로 "내 이름이, 그까짓 게 뭐나 된다고… 가져다 쓰서서 영화에 도움되면 좋지" 하고 말았다. 번역의 신이라느니, 천재라느니, 초월 번역의 대가라느니 하는 '지구를 뽀개'버리고 싶은 오그라드는 평을 스스로 인정해서 그냥 두는 게 아니다. 이렇게 그 표현들을 글로 옮기면서도 손가락이 오그라들어서 타자가 잘 쳐지지도 않는다. 영화 홍보와 상관없는 내 인터뷰 기사에도 그런 수식이 붙는 일이 흔하지만, 기자분들이 날 놀려먹으려 그러는 게 아니잖나. 나에 대한 호의와 호감으로 과한 수식을 붙이는 것뿐이니 고맙다면 모를까 탓할 수는 없다.

그래도 번역의 신은 너무했다. 기사가 나간 다음날 만난 친구들이 저멀리서 날 부르더라. 손을 마구 흔들면서 지나가는 사람 다 듣게 큰 소리로.

"어이! 번역의 신! 황석희! 번역의 신!!!"

저것들을 진짜….

2부

나는 참 괜찮은 직업을 골랐다

어쩌다가 됐어요

인터뷰를 하거나 학생들 앞에서 강연을 하거나 사석에서 처음 보는 누군가와 얘길 나눌 때 가장 많이 듣는 질문이 있다면 십중팔구 이거다.

"어떻게 영화 번역가가 되셨어요?"

뭔가 대단히 흥미로운 사연이 나오리라 기대하는 인터뷰이들과 초롱초롱한 눈으로 집중해서 귀를 모으고 있는 학생들을 보면 그때마다 뭐라 답해야 하나 잠시 망설인다. 그러다 민망함에 쭈뼛대며 입을 뗀다.

"성의 없는 대답처럼 보일 수도 있지만… 그냥 어쩌다보니 됐어요."

내가 꺼낼 수 있는 가장 솔직한 대답이다. 이것저것 덧붙여보려 해도 딱히 덧붙일 말이 없다. 정말 어쩌다보니까 됐거든. 우연히 번역 일을 시작해서 꼬박꼬박 수입을 유지하려 일하다보니 여기까지 온 것뿐이지 하늘의 계시를 받았거나 번역가가 될 운명을 타고난 게 아니다. 재밌는 것은 나도 좀처럼 만날 수 없는 직업군을 만나면 생각도 못한 사이 그런 질문을 던진다는 거다. 그럼 아주 높은 확률로 이런 대답이 돌아온다.

"어쩌다보니 하게 됐어요."

기시감이 드는 그 대답을 들을 때마다 한편으론 안도한다. 대단한 소명의식도 없이 주제넘는 일을 하고 있는 건 아닌지 늘 마음 한편에 죄책감이나 민망함과 비슷한 감정이 남아 있으니까. 그래서 그런지 어쩌다보니 됐다는 사람을 만나면 더 반갑고 비교적 편하게 속 얘길 하게 된다. '야 너두?' 같은 심정이랄까.

반대로 가끔 똑같은 질문에 엄청 흥미진진한 대답을 하는 사람을 볼 때도 있다. 인터뷰 기사나 사석에서 종종 들을 때가 있는데 정말 그들의 서사는 운명적이고 영웅적이고 흥미진진하다. 대개는 소설로 나와도 재밌겠다 싶은 화려한 사연이다. 눈물을 쏙 빼는 고생담이거나 집념의 화신과도 같은 도전기, 혹은 그 직업군의 신이 앞길을 예비한 것 같은 신비한 사연. 그런 이야기를 들으면 속이 좁아터진 나는 의심부터 하고 만다. 어느 수준의 인정받는 성취를 이루고 나면 그 사연에 영웅적이고 운명적인 서사를 찾아 살을 붙이는 예를 너무 많이 본 까닭이다.

그런 무용담이 곱게 보이지 않는 이유는 사람들에게 엉뚱한 환상을 심어준다는 데 있다. 그 직업을 하기 위해선, 정확히 말하면 그 직업에서 성취를 이루기 위해선 영웅적이고 운명적인 서사가 필연적이라는 인상을 남긴다는 거다. 성공한 사람의 부풀려진 사연이 미디어에서 한번 더 가공되어 환상을 심고 그걸 본 사람들의 기를 죽인다. 너무 꼰대 같고 재미없는 소리지만 일정한 성취에 기본이 되는 건 따분하고 지루하고 고된 반복을 묵묵히 견디는 무던함, 그리고 제 살길을 어떻게든 찾아내 지속할 줄 아는 현실감이다. 대개는 그런 것들이 쌓여 성취가 된다. '대개는'.

물론 간혹 정말로 운명적인 서사를 가진 사람도 있다. 다른 말로는 소명의식이라고 해야 하나. 아내는 어려서부터 영상 번역가가 꿈이었다고 했다. 디즈니 애니메이션을 너무 좋아해서 디즈니 작품을 번역해보는 게 소원이었다고. 아내에게 미안한 말이지만 나는 이 말도 반 이상은 살을 붙인 이야기라고 생각했다. 내가 '영상 번역'이라는 말 자체를 알게 된 것도 대학생 때였으니 '초등학생 때부터 영상 번역가가 꿈이었다'는 말을 믿을 수가 있나. 흔한 직업도 아니고 흔한 직업명도 아니다. 그런데 아내는 체질적으로 거짓말을 전혀 못하는 사람이라 말을 지어냈을 가능성은 또 없어서 그저 희한하게 생각할 뿐이었다. 그러다 언젠가 처가에 갔다가 장인어른께서 간직해두셨던 아내의 초등학생 시절 생활기록부를 보게 됐다. 별생각 없이 뒤집어본 뒷면의 장래희망란에 '영상 번역가'라는 글자가 보였다. 미안해요, 여보. 아니, 초등학생이 '영상 번역가'라는 말을 어떻게 아냐고. 어려서부터 디즈니 만화를 번역하는 게 꿈이었고 그 꿈을 이룬 사람. 이런 사연은 참 신기하다. 하여튼 이렇게 아내 말도 반신반의했던 놈이니 다른 사람들의 운명적인 서사를 믿을 리가 있나.

거의 대부분에게는 이런 운명적인 서사가 없지만, 드물게라도 누군가에게 이런 서사를 들을 때면 내가 이 일을 해도 되는 건지 의구심이 들기도 했다. 커다란 의식 없이 이 일을 한다는 게 죄스러워진다고 해야 하나. 나는 영화 번역이라는 행위를 통해 세상에 크게 기여하겠다 생각해본 적이 없고 감히 그럴 깜냥도 되지 않는다. 만에 하나 영화 번역을 못 하게 되더라도 다른 일을 하면 그만이다. 물론 많이 서운하겠지만 이 일을 못 한다고 숨이 끊어질 것 같은 괴로움을 느끼진 않을 거다. 그러다보니 내가 이 자리를 차지하고 있는 것이 비자발적 절도 행위처럼 느껴지기도 했다. 간절한 소명의식이 있는 이들의 자리를 훔친 것처럼.

그 마음이 조금 편해진 것은 여느 사람들도 나와 별반 다르지 않다는 걸 알게 된 후부터다. 대부분은 특별한 의식이나 운명적, 영웅적 서사 따위 없이 그저 철저히 직업인으로 업을 유지하다보니 그 자리에 와 있다고 했다. 그리고 신기하게도 나와 같은 민망함 혹은 죄스러움, 찜찜함을 느끼고 있었다. 생각해보니 우린 우리 자리에서 꾸준히 일해온 것뿐인데 그런 불편함을 느낄 필요가 있나 싶었다.

직업의 세계라는 게 참 신기하면서도 한편으론 빤하다. 동화처럼 발군의 재능과 소명감으로 무장한 사람이 항상 최고의 자리를 차지하진 않는다. 기회라는 게 만인에게 공평하지 않으니까. 재능 없는 사람이 최고의 자리를 차지하는 경우도 허다하고 심지어는 그 일을 할 실력조차 안 되는 사람이 꾸준히 활동하며 염치없이 스승을 자처해 남을 가르치기도 한다. 얼핏 황당한 이야기지만 거의 모든 분야가 이렇다. 직장에서도 유능한 사람의 승진이 항상 빠른 것만은 아니다. 부하 직원 모두에게 손가락질받는 무능한 사람이 딱히 대단한 연줄 없이도 승진하고, 평범하게 직장생활하다 퇴직한다. 직업의 세계는 사필귀정 같은 이치가 적용되는 곳이 아니다.

이렇게 보면 직업 세계라는 게 부당해 보이겠지만 한편으론 조금은 안심해도 되는 주먹구구식 허술한 시스템이다. 차분히 경력만 쌓으면 어떻게든 저 구석에서라도 자기 자리를 찾을 방법은 있다는 거니까. 특별한 사람들처럼 대단한 가치관이나 천재적인 재능이 없어도 그 업을 할 수 있고 유지할 수 있다. 나처럼 별생각 없이 일을 시작해서 어쩌다보니 생각보다 멀리 떠내려오는 경우도 있고.

미디어에 노출된 특별한 사람들의 특별한 사연에(정말로 특별한지는 모르겠지만) 부러움이나 자괴감 느낄 것 없이 내 자리에서 나름의 의미를 찾으면 될 일이다. "어쩌다보니 이 일을 하게 됐어요"라는 말은 어찌 보면 그 어떤 사연보다도 훨씬 운명적이다.

투명한 번역

'투명한 번역'이란 표현은 니콜라이 고골이 바실리 주콥스키의 『오디세이아』 번역에 보냈던 찬사—"투명한 유리 같은 역자라서 유리가 없는 것처럼 보인다"—를, 조르주 무냉이 『부정한 미녀들』에서 "투명 유리"로 인용하며 유명해졌다. 혹자는 이 표현을 번역문에서도 '원문이 그대로 보이는 충실한 번역'으로 해석하지만 여기서 조르주 무냉이 말하는 "투명"은 그 반대의 의미다. '유리(번역자)가 있는 것조차 느껴지지 않을 정도로 자연스러운 번역'이라는 뜻이다. 단어 대 단어, 표현 대 표현으로 정확하게만 옮기는 걸 '투명한 번역'으로 알고 있다면 고골과 조르주 무냉의 말을 완전히 오독한 것이다.

앞으로 할 이야기에 혼동이 있을 것 같아 굳이 적었다. 지금부터 말하는 '투명'은 번역학에서 말하는 "투명 유리"와 별개로 사전적 의미인 '투명(透明)'을 뜻한다.

흔히들 번역자의 임무가 '투명해지는 것' 혹은 '사라지는 것'

이라고 말한다. 번역문을 쓴 것이 아무리 번역자라 하더라도 깨끗이 흔적을 치우고 방을 빼라는 거다. 번역자는 티 없이 투명한 필터로 존재하고 원문을 도착어로 완벽히 전달하면 그만인 것. 얼핏 옳은 말처럼 들린다. 독자나 관객이 궁극적으로 즐겨야 하는 것은 원문이니까. "좋은 자막이 무엇이냐?"라고 물으면 "극장을 나서면서 번역문이 생각나지 않는 자막"이라고 답하는 사람도 많다. 그런데 막상 기억에 남는 명대사가 뭐냐고 물으면 방금 봤던 한국어 자막을 얘기하지, 자막을 건너뛰고 영문을 얘기하는 관객은 드물다. 번역문으로 영화를 이해하는 한 '번역문이 기억나지 않는 자막이 좋은 자막'이란 말은 모순이다.

솔직히 말해 "번역자의 임무는 투명해지는 것" 같은 말을 들으면 속이 답답해진다. 관객들이야 번역하는 입장이 아니니, 그리 말할 수 있겠지만 번역가가 저런 말을 아무렇지도 않게 쉬이 하는 걸 볼 때면 의구심부터 든다. 그럼 저 번역가는 대체 번역을 어떻게 하고 있는 거지?

일단 번역가의 임무는 투명해지는 것이라고 해두자. 그렇다면 어떻게 해야 투명해질 수 있는지를 고민해야겠지. 어떻게 해야 하나? 고골의 '투명' 말고 사전적 의미로 투명해지려면 어떻게 해야 할까? 고골의 투명처럼 도착어에 가까운, 자연스러운 의역을 지

향하면 오히려 번역가의 냄새가 훨씬 진하게 밴다. 그렇다면 관객들이 자막 속에서 번역가를 느끼지 못하게 하려면 현실적으로 어떤 방법이 있을까? 모든 문장을 단어 대 단어로, 표현 대 표현으로, 의미 대 의미로만 충실히 옮기면 되는 걸까. 그러면 관객들은 번역가의 냄새를 못 느낄 수도 있겠다. 전자제품 매뉴얼을 수백 권 봐도 번역가의 냄새를 느끼지 못하는 것처럼. 그렇다면 번역문은 영어 문제집의 답안지처럼 단순한 해제(解題)인가? 쓰다보니 더 헷갈린다. 진정 투명해질 수 있는 방법은 무엇인가? 존재하긴 하는가.

내 눈에 "번역가의 임무는 투명해지는 것"이란 명제는 이상향으로는 존재할 수 있어도 물리적으로는 불가능한 도전이다. 그 명제를 번역관으로 삼아 번역의 방향을 그렇게 잡는 거야 위대한 도전이라고 쳐주고 싶지만, 그게 번역가의 숙명인 것처럼 당위를 주장하는 건 도무지 이해할 수가 없다. 번역가를 문화적, 언어적 필터라고 했을 때 그 필터를 거친 결과물엔 번역가의 흔적이 남기 마련이다. 아무리 정제하려 해도 불순물이 남는다. 그 불순물이 유익한 것이냐, 유해한 것이냐의 문제는 차치하더라도 말이다. 불순물이 없다면 그건 원재료 그대로란 의미다. 하지만 번역가라는 필터는 인성을 띠고 있어서 그 필터가 평생 겪어온 경험은 물론이고, 가치관과 언어 습관 등이 결과물에 반영된다.

1917이란 영화에 "Age before beauty(젊은이보다 연장자 먼저)"란 대사가 나온다. 언제 총알이 날아올지 모를 위험천만한 무인지대를 건너려는 순간, 스코필드는 앞장서려는 블레이크를 붙들고 농담처럼 저런 말을 하며 본인이 앞장선다. 이 문장은 한국에서 흔히 쓰는 '장유유서'와 거의 일치한다. 실제로 극장 자막도 "'장유유서'지"로 나갔다. 배우의 짧은 발화 길이, 긴박한 순간에 던지는 농담이라는 점 등을 고려하면 제법 경제적이고 효율적인 번역이다. 물론 1차대전을 치르는 영국군 병사가 『사서삼경』을 알 리가 있냐는 비판은 백번 수긍하고도 남는다. 그런 잠재적인 비판의 가능성에도 불구하고 사실 저 자막은 꽤 괜찮은 반응을 얻었다. 이 자막은 번역가가 유교권 국가에서 자랐기에 쓸 수 있는 것이다. 또한 이 자막의 소비자들도 유교권 국가에서 자란 사람들이라는 전제가 있기에 쓸 수 있는 자막이다. 좋은 자막이다, 나쁜 자막이다를 떠나서 유교권에서 45년 묵은 필터이기에 쓸 수 있는 자막이란 얘기다.

번역가가 사전적인 의미로 투명해지려면 번역문에서 이런 개인적인 경험도 모두 벗겨내야 하는 것 아닌가? 그게 궁극적으로 누구에게 득이 되는지. 그 필터가 투명해야 한다고 인성을 정제하고 정제하여 개성을 없애고, 궁극적으로는 인성을 배제하는 것이 가능한지는 생각해볼 문제다. 쉽게 말하니 '투명한 번역'이지 투명화를 위해서는 불가능에 가까운 과정을 거쳐야 한다는 거다.

당연한 말이지만 영화 번역가는 작품마다 변신하는 배우들처럼, 작업할 때 작품마다 그에 어울리는 옷으로 갈아입어야 한다. 내가 모든 영화를 데드풀²⁰¹⁶처럼 번역한다면 얼마나 끔찍한 참사가 벌어질까. 캐롤²⁰¹⁵을 번역할 때, 작은 아씨들²⁰¹⁹과 보헤미안 랩소디²⁰¹⁸를 번역할 때 모두 다른 옷을 입고 번역했다. 비슷한 장르를 번역한다면 비슷한 옷을 입겠다만, 다른 옷을 입는다고 해서 나라는 사람이 내가 아니게 되는 것은 아니다. 아무리 신이 내린 배우라고 해도 그 배우는 모든 배역에서 그 배우다. 최민식 배우가 다른 작품에서 각각 사이코패스 살인마와 세상 순박한 노총각을 완벽하게 연기한다고 해도 그 연기는 최민식이라는 배우(필터)를 거쳐 구현된다. 그 결과 다른 배우들은 내지 못할 그 배우만의 연륜과 인성이 묻은 연기를 완성하는 거다. 완벽히 그 캐릭터로 변신하는 것만이 최고의 미덕이라면 그 결과물을 위해선 비슷한 수준의 명배우, 그 누가 그 캐릭터를 연기했어도 상관없다는 말이 된다.

번역가도 마찬가지다. 각 작품에 꼭 맞는 옷으로 갈아입고 번역한다 해도 그 번역을 하는 주체가 그 번역가라는 사실은 바뀌지 않는다. 연륜과 인성이 밸 수밖에. 이런 주장을 하면 간혹 진의를 왜곡해 듣는 경우가 있다. "그럼 번역이 원문의 전면으로 나와 힘을 과시하는 것이 옳으냐?" 하고 말이다. 그런 주장을 하는 번역가들도 없는 것은 아니나 아주 드물다. 내가 겪기로 번역가는 대부분 원문 앞에 겸손해야 한다는 입장이다. 내가 하고 싶은 말은, 현실적으로 가능하지도 않은 일이고 윤리적으로 옳은 일이란 확신도 없는데 굳이 번역가를 투명 인간으로 만드는 노력을 할 필요가 있느냐는 거다.

고골이 주콥스키에게 보낸 서한에는 이런 말도 있다.

"좋은 번역은 완벽하게 투명한 유리 같아야 한다는 통념이 있지만, 진정 훌륭한 번역은 현실의 거울처럼 작은 얼룩들과 결함들이 있는 번역이다."

여기서 고골이 말하는 "투명"은 글의 서두에서 말한 '자연스러운 의역으로서의 투명'이 아니라 사전적인 의미에서의 투명이다. 진정 훌륭한 번역은 번역문에서 인간적인 흠결이 보일 정도로 번역자의 인성이 느껴져야 한다는 뜻이다. 부디 번역가를 투명 인간으로 만들려는 헛된 시도에서 고골의 말을 몇 번씩이나 오독해 어설프게 인용하지 말았으면 하는 바람이다.

자막은 영화 번역가가 사는 집이다.

그 작은 집에서 번역가를 내쫓아봐야 남는 건 온기 없이 텅 빈 집뿐이다.

세상 모든 오지랖에 부쳐

아내와 나는 직업이 같다. 둘 다 영상을 번역한다. 조금 다른 것은 아내는 자막 번역과 더빙 번역을 모두 하지만 더빙 번역의 비중이 더 크고 나는 자막만 번역한다는 거다. 우린 각자의 방에서 작업하고 일하는 동안엔 거의 카카오톡으로 이야기한다. 번역 작업 중 막히는 부분이나 의견이 필요한 부분부터 시시콜콜한 가십이나 커피 한잔하자는 이야기까지. 집이 넓은 것도 아니고 책상에서 목소리를 조금만 키워 불러도 들릴 텐데 우린 습관이 그렇게 들었다. 그래서 내 일이 안 풀려 죽을 것 같아, 일하고 있는 사람을 방해하고 싶다거나 커피 마시러 가자고 꼬시거나 하는 게 아니면 서로의 방에 들어가지 않는다. 식사할 때나 얼굴을 보지.

난 한방에서 작업해도 상관없었지만 아내는 곧 죽어도 한 공간에서 작업하기 싫어하는 사람이라 각자의 방을 작업실로 쓰게 됐다. 아내는 더빙 번역 과정에서 초벌 번역을 마치고, 캐릭터가 뱉는 말 길이와 번역된 대사의 길이를 맞추는 작업을 해야 한다. 이때는 연기하듯이 캐릭터의 음성에 맞춰 번역 대본을 읽는다. 아내는 질색하지만 몰래 엿본 적이 몇 번 있다. 캐릭터의 대사를 톤과 속도까지 맞춰 연기하며 읽어서 라디오 드라마를 듣는 것처럼 재밌다. 하지만 아내는 그걸 보여주는 게 그렇게 창피했나보다. 하긴 나는 헤드폰을 쓰고 얌전히 타자만 치면 되니까 불공평하긴 하다. 자막 하나를 쓸 때마다 희한한 괴성이라도 지른다면 모를까.

생각해보니 한 공간에서 작업한 적이 아예 없는 건 아니다. 이사갈 집 인테리어를 하느라 이삿짐을 창고에 맡기고 한 달 동안 단기 임대로 오피스텔에서 살았다. 그땐 책상을 맞붙이고 일했다. 어차피 모니터에 가려 서로의 얼굴이 보이진 않았다. 게다가 우린 텍스트를 번역하는 번역가가 아니라 영상을 번역하는 번역가라, 작업 내내 음성이 들려서 서로를 방해하지 않으려고 헤드폰을 쓰고 작업하니 각자의 작업 상황을 거의 몰랐다(나는 혼자 작업할 때도 헤드폰을 쓰긴 한다). 그래도 그 한 달간, 나는 꽤 즐거웠다. 같은 공간에서 일하는 동료가 있는 기분이기도 했고 헤드폰 패드 사이로 간간이 들려오는 아내의 캐릭터 연기 소리도 귀여웠고. 맥주라도 한 캔씩 사다놓고 일하는 날이면 모니터 위로 캔을 들어 건배하기도 했다. 인테리어 공사가 끝나고 집으로 들어가는 날엔 왠지 모를 서운한 마음까지 들었다.

아내는 일 때문이 아니어도 개인 공간의 필요성을 느낀다고 했다. 그리고 결정적으로 우리는 공간을 대하는 자세의 차이가 크다. 아내는 미니멀리스트라고 할 순 없지만 '거의' 미니멀리스트다. 아내의 방엔 책상과 의자, 간단한 서랍 하나뿐이다. 벽도 뭐 하나 없이 휑하다가 최근에야 액자를 하나 걸었다.

그에 비하면 내 방은 흡사 '물건 호더'의 방이다. 아내의 것보다 훨씬 넓은 책상은 이미 물건으로 가득차서 뭘 더 올려놓을 곳이 없고 레고와 피규어, 블루레이를 올려놓을 곳이 없어서 장을 하나 짰다. 벽엔 벽걸이 스탠드에 기타가 넉 대나 걸려 있고 포스터와 사진도 몇 장이나 붙어 있다. 바닥엔 뜯어놓은 택배 상자와 벗어던진 가방 따위가 굴러다닌다. 도저히 아내가 견딜 수 없는 방이지만 서로의 방에 간섭하지 않는 것은 우리의 불문율이다. 방은 각자의 성역이다(물론 아내는 내 방 꼬라지를 보고 혀를 차다 나가긴 한다).

결혼 준비하며 그렇게 많이 들은 우려의 말 "24시간 붙어 있을 건데 괜찮겠어?"는 11년이 지난 지금, 우리와 그리 상관없는 말로 판명됐다. 우린 24시간 붙어 있어도 되는 사람들이다. 우리도 여느 부부와 마찬가지로 때때로 작은 일로 삐치고 서로에게 예민하게 굴고, 흔치는 않지만 심할 땐 마음에 생채기 내는 말을 하기도 한다. 하지만 지금껏 오래 붙어 있는 것 그 자체로 스트레스를 받아본 적은 없다. 필요할 땐 잠시 몸을 숨기고 심호흡할 각자의 성역도 있고, 무엇보다 붙어 있어서 티격태격할 사람이면 한 시간을 붙어 있든 24시간을 붙어 있든 싸우기 마련이다.

아내와 나에게 그런 우려의 말을 건넨 사람들은 대부분 프리랜서가 아니었고, 배우자와 11년씩 24시간 붙어 살아본 경험이 있는 것도 아니었고, 가장 중요하게는 '우리'가 아니었다. 살아온 방식도 다르고, 가치관도 다르고, 개성도 다르고, 환경도 다른데 그들은 대개 악담인지 조언인지 알 수 없는 상투적인 말들을 한다.

"네가 뭘 몰라서 그러지. 막상 결혼해봐라."

결혼을 해도 그들의 우려는 현실이 되지 않았다. 그랬더니 적어도 5년은 살아봐야 안단다. 11년이 지나도 그들의 우려는 현실이 되지 않았다. 아마 다시 물어보면 15년은 살아보라고 할 거다.

"네가 뭘 몰라서 그러지. 애 낳아봐라."

애를 낳아 4년 넘게 키웠지만 그들의 우려는 현실이 되지 않았다. 아마 다시 물어보면 "둘은 낳아봐야 알지"라고 할 거다. 이렇게 겪고 보면 우리에게 적용되지 않는 오지랖이 얼마나 많은지 모른다. 하긴 오지랖이 대부분 그렇긴 하지. 오지랖은 자신의 알량한 경험이 세상 전부인 것처럼 여기는 사람이 보내는 어긋난 호의다. 그래, 일단은 호의라고 믿자.

실험중에는 대조군 사이에 단 하나의 변수만 있어도 결과가 달라지는 게 일반적이다. 그런데 당신과 나 사이엔 적게 잡아도 봄철 황사 먼지 수보다 더 많은 차이점이 있다. 그 많은 차이점을 무시하고 모두가 당신과 같은 경험을 하리라 단정하는 건 오만이다.

여러 번의 경험 끝에, 언제부턴가 누군가 쓸데없는 오지랖을 부리면 툭 하고 뱉어버린다.

"넌 내가 아니잖아."

(막역한 사이가 아니면 소심해서 속으로만 궁시렁대지만.)

영화 번역가로서
가장 기분좋은 순간

인터뷰를 할 때면 영화 번역가로서 가장 기분좋은 순간이 언제냐는 질문을 종종 받는다. 내 짐작이지만 아마 질문자는 답변을 얼추 예상하고 있다. "내가 번역한 영화를 관객들이 좋아해줄 때" 혹은 "내 번역을 관객들이 좋아해줄 때". 그러면 나는 무슨 심술인지 예상하는 답변을 해주기 싫어 곧잘 다른 대답을 하곤 한다. "좋은 문장을 만날 때" "마음에 쏙 드는 표현을 발견했을 때"처럼 바른생활 번역가다운 대답이나 "자막이 엄청 적은 영화를 번역할 때"처럼 농담 같은 진담이나.

당연히 관객들이 내가 번역한 영화를 좋아해주는 게 좋다. 내가 번역해놓은 자막을 읽으며 웃고 울고 여러 감정을 느끼는 게 참 좋아서 관객들의 반응을 보고 싶어 극장을 찾은 적도 많다. 관객의 반응을 보려면 코미디 영화가 가장 좋다. 웃음소리로 판단하면 되니까. 슬픈 영화라고 해서 관객들이 다 같이 소리 내 대성통곡하는 건 아니잖나. 기운이 좀 빠지는 날은 내가 번역한 코미디 영화의 상영 일정을 보고 최대한 관객이 많은 관을 택해 들어간다. 수십 번도 더 본 영화를 또 집중해서 볼 필요까진 없고 그저 의자 깊숙이 몸을 묻고서 음침하게 전후좌우 관객들의 반응을 살핀다. 이런 목적으로 좌석을 선택할 땐 가능하면 뒤쪽 객석이 좋고 단차가 높은 상영관이면 더욱 좋다. 앞에 있는 관객들의 반응을 넓은 시야로 볼 수 있으니까. 그 자리에 앉아 재밌는 장면과 재밌는 자막이 나올 때마다 깔깔대고 웃는 관객들을 보고 있으면 어딘지 모르게 뭉클하다. 나도 저 웃음에 조금이나마 일조했구나 하는 생각에. 그 기분이 참 좋아서 관객이 많이 드는 코미디 영화가 상영할 때면 극장을 더 자주 찾는다.

그러다 언젠가 아내와 내 사랑이란 작품을 보러 간 적이 있다. 내가 번역한 영화를 아내와 보는 일이 흔치는 않다. 나는 작업하면서 지겹게 봤으니 굳이 극장을 또 찾을 마음이 쉽게 생기지 않고, 아내도 이미 영화를 본 사람과 보러 간다는 것에 김이 빠지는 건지 내 번역작을 같이 보자고 제안하는 일이 드물다. 내 사랑은 그럼에도 보고 싶었던 모양이다. 샐리 호킨스와 에단 호크 주연의 작품으로, 한 부부의 거칠고 서툰 사랑이 은근하게 커져가며 노년까지 이어지는 뭉클한 영화다. 영화를 재밌게 보고 상영관을 나오는데 어떤 할머니가 출구를 안내하던 극장 직원에게 뭔가를 묻고 계셨다. 극장에서 할머니, 할아버지 관객을 보는 것도 드문 일인데 심지어 그분은 영화를 혼자 보러 오셨다. 흔치 않은 광경이라 지나가면서 뭐라고 하시는지 귀를 기울였다.

"친구랑 또 보려는데 이 영화 내일도 해요?"

그 말 한마디가 얼마나 좋던지 불쑥 끼어들어 내일 표를 예매해드리고 싶었다. (오지랖 같아 나서진 못했다.) 영화를 정말 좋게 보셨나보다. 연세가 있는 관객의 말이라 더 그랬을까, 내가 이 영화에 투자한 사람도 아니고 이 영화를 제작한 사람도 아닌데 작품을 좋게 봐주는 관객을 만나니 너무 감사하고 뭔가 벅차기까지 했다. 객석 뒤편에 앉아 관객들의 웃음소릴 듣는 것과는 또다른 뭉클함이었다.

역시, 관객들이 내가 번역해놓은 자막을 보며 웃고 울고 하는 게 좋다. 내 노력이 보상받는 기분이고 주위의 관심을 갈구하는 청승맞은 자의식이 위로받는 기분이다. 정작 관객을 웃기고 울리는 건 자막이 아니라 영화 그 자체이며 자막은 관객의 감정에 그리 기여하지 않는다는 걸 알고 있음에도 뿌듯하고 기분이 좋다. 그런데 이 할머니 관객의 말에 그보다 훨씬 벅찬 감정을 느꼈다. 심지어 번역에 관한 말은 한마디도 없었는데도 뿌듯했고 감사했고 행복했다. 오래 간직하고 싶은 감정. 그제야 내 답변의 순서가 틀렸다는 생각이 들었다.

영화 번역가로서 가장 기분좋은 순간은 "내가 번역한 영화를 관객들이 저렇게나 좋아해줄 때"가 아니라 "관객들이 저렇게나 좋아해주는 영화를 내가 번역했을 때"다. 얼핏 같은 말 같지만 그렇지 않다. 관객들이 저렇게나 좋아해주는 영화를 내 품에 안을 수 있었던 행운. 내 손으로 고이 보듬어 내놓을 수 있었던 행운. 그 모든 건 행운이다. 나중에야 알았지만 그때 그 할머니 관객의 말을 듣고 느낀 감정의 정체는 감사함이었다. 그 우연한 행운에 대한 감사함.

직업인으로서의 삶에서 금전적 보상 이외의 보상을 스스로 찾아낼 수 있다면, 직업에 대한 애착이 한결 강해지고 당면한 작업을 대하는 성의도 커지기 마련이다. 나는 정말 운좋게도 그 보상을 찾아냈다. 그 보상을 받고자 감수해야 하는 스트레스와 부담이 나를 좀먹어서 머리가 뭉텅이로 빠지는 일도 흔하지만 이젠 그러려니 하는 수준까지 왔다. 자초한 짓인 걸. 나만 이런 건 아니다. 주위에 다른 직군에서 이런 사람들을 여럿 알게 됐는데 그 사람들도 작업중엔 하나같이 눈이 퀭하고 스트레스에 시름시름 앓고 누가 말만 걸어도 시비로 받아들일 정도로 예민해진다. 이럴 때는 정말 세상 이렇게 못돼먹은 사람이 있나 싶기도 하다. 그러다가도 썩 괜찮은 결과물을 내면 또 언제 그랬냐는 듯이 생글생글 웃으면서 피부에 광택까지 돈다. 미안하지만 나는 당신들의 강박이 좋다. 피가 마르는 짓이긴 해도 그렇게 강박적으로 일하는 사람들을 좋아한다. 그래서 주위에 이렇게 까칠한 사람들만 남았나 싶기도 하고.

우린 그저 열심히 만들어서 내보이는 요리에 머리카락을 빠뜨리고 싶지 않은 거다. 그리고 멀찌감치 서서 그 요리를 맛있게 먹어주는 손님을 쳐다보고 싶은 거다. 음식에 머리카락을 빠뜨린 경험이 한두 번이 아니어서 아직도 그것들만 생각하면 온몸의 털이 쭈뼛 선다. 그래서 손님이 만족스럽게 식사를 마치는 모습을 끝까지 보고서야 안도의 한숨을 쉬고 웃는다. 그게 우리에게는 보상이다.

내가 번역했다는 것 따윈 몰라줘도 상관없다. 누군가의 인생 영화, 누군가에게 소중한 영화를 내가 번역할 수 있었다는 감사함과 뿌듯함이면 충분하다. 영화 한 그릇 만족스럽게 먹는 모습을 볼 수 있으면 그걸로 됐다. 나는 참 괜찮은 직업을 골랐다.

번역가의 개입

영화 번역 경력이 늘어가면서 자막이 점점 보수적으로 변한다. 정확히 말하면 변하는 게 아니라 변하려는 조짐이 보인다. 변화를 고려하게 만든 원인이 건전하고 발전적인 것이면 좋으련만, 정반대로 퇴보적이고 편의추구적인 갈등이라 마음이 편치 않다.

나는 비교적 기존 영화 번역가들이 하지 않은 시도를 많이 하려고 애쓰는 편이다. 최대 두 줄, 한 줄에 열두 자. 이 빡빡한 물리적 한계를 극복할 순 없더라도 그 한계 내에서 기호 이상의 것을 전달할 방법이 정말 없는 것인지 늘 궁금하다. 번역가는 글자라는 기호를 통해 의미를 전달하는 것에 집중하는 직업이라 글자 자체를 활용하는 기술이 거의 없다. 번역가의 영역은 형태론이 아니라 의미론의 영역이라고 여기기 때문에 애초에 그런 기술에 관심을 두지 않는다. 나도 그리 다르지 않았다. 흔히 "번역가가 번역만 잘하면 되지"라고 말할 때는 의미를 온전하고 충실하게 옮기면 된다는 뜻이다. 그것만 잘해도 번역가의 임무는 완료했다고 말할 수 있다. 그러니 굳이 그 이상을 하려고 눈을 부릅뜰 필요가 있나.

그 이상의 무언가를 해보자 마음먹게 한 계기는 아내의 어떤 말이었다. 우리는 보통 서로 어떤 작품을 번역하고 있는지는 알지만, 서로의 방에 들어가 모니터를 뚫어져라 보는 일은 없다. 같은 일을 해서 그럴까 결과물을 보이는 게 그렇게 민망할 수가 없다. 게다가 각자의 작품은 기밀유지서약(NDA)이 걸려 있어서 엄밀히 말하면 그 누구에게도 보여주면 안 된다. 전엔 장난처럼 슬쩍슬쩍 훔쳐보기도 했는데 요새는 아내의 방에 들어가도 아예 눈길도 주지 않는다. 혹시나 본 걸 나도 모르는 새 어디에 얘기할까봐. 상황이 이렇다보니 작업중엔 서로의 작품에 대해 말을 많이 나누진 않는다. 물론 세세한 번역 질문은 수시로 교환한다. 이때도 작품의 핵심 정보를 말하지 않는 선에서 순전히 언어학적인 질문만이 오간다. 강박적이고 징그럽지만 오래 일하다보면 이것도 필요한 태도이긴 하다.

　그러다 한번은 아내가 말장난 아이디어를 달라고 했다. 영화 속 캐릭터가 '스니커즈(sneakers)'로 말장난하는 장면이었다. 동사형인 'sneak'는 '살금살금, 소리 없이 걷다'라는 뜻이다. 스니커즈는 평평한 고무 밑창 운동화로 걸을 때 소리가 작다 해서 그런 이름이 붙여진 건데, 그 장면의 말장난에선 스니커즈라는 명사를 '조용함'과 연결해야 했다. 즉 두 단어를 연결할 말장난이 없냐는 질문이었다. 나도 딱히 생각나는 게 없었고 여러 가지 써봐도 마음에 드는 표현이 나오질 않았다. 그러다 장난처럼 말한 것이 "'소리 꺼져' 같은 식으로 쓸 순 없을까?"였다. 말을 하면서도 이걸 실제로 쓸 수 있을 거란 생각은 없었다. 자막으로 '소리 꺼져'라고 썼을 때 관객들이 저 글자만 보고 스니커즈와 연결하기엔 무리가 있다고 판단했다. 관객들이 직관적으로 말장난이라는 걸 인식하려면 '스니커즈'와 '수미 커죠' 정도의 형태적, 음성적 유사성이 있어야 한다. 그런데 아내는 아주 의외의 반응을 보였다.

"말장난으로 써먹을 수 있겠다!"

아무리 봐도 말장난으로 연결하기엔 무리가 있지 않냐 했더니 성우가 발음으로 살리면 된다는 거다. '스리끄~즈~'나 '소리꺼~즈~'처럼 모호한 발음을 쓰면 스니커즈와 음성적 유사성을 확보하고 그 장면에 필요한 유머러스함도 추가할 수 있다. 나는 이 발상이 놀라웠다. 아내처럼 평소 더빙 번역을 많이 하는 번역가라면 이런 발상이 그리 어렵지 않을 수도 있겠지만 자막만 만지는 입장에선 너무나도 놀라운 표현 수단이다. 나는 오로지 두 줄, 한 줄에 열두 자로 대사의 모든 걸 전달해야 하는데, 더빙에서는 성우의 발음조차 하나의 전달 수단이 될 수 있다고? 그렇다면 장면에 따라 효과음과 음성을 더 창의적으로 사용할 방법도 있겠다. 너무 부러웠다. 번역가의 대사 전달 수단이 상상하기에 따라선 수없이 많을 수도 있겠다 싶고. 엄청난 가능성을 본 기분이었다. 그때 문득 의문이 생겼다.

자막 번역은 정말로 전달 수단이 글자밖에 없는 걸까?
물리적 한계를 넘을 수 없는 걸까?

당장에 떠오르는 것은 없었지만 그때부터 머릿속 한편에 늘 그런 호기심이 자리했다. 그리고 그 호기심은 자막을 하나하나 만질 때마다 효과적이고 창의적인 전달을 고민하는 사고의 폭을 조금씩 넓혀줬다. 그후로 기회가 생기면 조금씩 자막에 새로운 시도를 해보기 시작했다. 이런 고민을 본격적으로 하기 전에도 자막에 이모지를 쓰는 등의 시도는 조금씩 하고 있었다. 스파이더맨: 홈커밍²⁰¹⁷에선 스마일(◉)과 주먹(◉) 이모지를 자막에 넣었다. 대사에 없는 것을 넣은 것은 아니고 스크린에 뜨는 핸드폰 문자 속 이모지를 자막에도 넣은 것이다.

"학교는 2시 45분에 끝나요! ◉"
(I'm out of school at 2:45 PM! ◉)

이모지를 그대로 썼으니 이건 직역이라고 봐야겠다. 이 시도는 이모지가 자막에 깨지지 않고 제대로 올라가는지 확신도 없는 상태로 해본 거였다. 자막은 문자라고만 생각하지, 이모지 같은 이미지가 올라가는 거라고 생각하는 사람은 없으니까. 자막 인코딩을 담당하는 해외 업체에도 문의한 결과 가능하다는 답을 듣고서 사용했다.

데드풀 2₂₀₁₈에서는 원문 속 "pumpkin fucker"를 표현할 말이 딱히 없어서 글자 크기를 이용해 표현한 적이 있다.

"씨_호박 새끼"

물론 이 정도로 정신 나간 시도는 데드풀이란 작품의 성격 때문에 가능한 것이지 다른 작품에서 이 수준으로 과감한 시도를 할 순 없다. 그후로도 캐릭터들의 대사가 갑자기 우스꽝스럽게 셰익스피어 희곡 투로 바뀌는 바이스₂₀₁₈에서 그 장면의 자막들만 통째로 궁서체를 쓴다거나 아예 화면과 동일하게 자막 글자를 상하좌우 반전해놓은 작품도 있다.

ㄱㄱㄹ를 않假

미드소마 2019 라는 작품이었다. 카메라가 '헬싱글란드'라고 적힌 플래카드를 정면으로 잡고 있다가 마치 인물이 허리를 뒤로 꺾어 그 뒷면을 보듯 카메라를 돌려, 상하좌우 반전된 앵글로 그 단어를 오랫동안 담는 장면이었다. 나는 그 장면을 이해할 수가 없었다. 왜 굳이 저 지명을 상하좌우 반전해서 그렇게 오래 잡고 있는지. 혹시나 문자 형태의 반전에서 오는 심상 같은 걸 계산한 걸까? 오컬트 문자를 보는 것처럼 불길한 예감을 심어주려고? 아니면 진짜 별 의미도 없는데 내가 편집증인가? 고민을 해봐도 답이 나오질 않아서 장면을 통째로 직역했다. 자막으로 튀고 싶어 안달이 난 게 아니다. 어떻게 느끼는지는 관객의 몫이니까.

이외에도 적소라고 판단하면 이런저런 사소한 시도들을 종종 한다. 당연히 번역가가 시도 때도 없이, 문맥과 상관없이 저런 시도를 하는 건 미친 짓이다. 저런 시도를 할 수 있는 장면과 자막은 지금껏 번역한 영화 자막 약 100만 개 중에서 열 개도 되지 않았다. 전통적인 틀에서 벗어날 기회를 고를 땐 시도가 실험적인 만큼 신중해야 한다.

문제는 이렇게 신중하게 골라서 조심스럽게 접근해도 기존의 틀을 벗어나는 것에 반감을 보이는 관객들이 있다는 거다. "글자

뒤집을 시간에 감수나 한번 더 해라" "특정 장면의 폰트를 바꾸는 건 월권 아니냐" 같은 반응들. 그런 반응들을 보면 기운이 빠지는 건 차치하더라도 번역가의 개입이 어디까지 가능한 것인지 고민하게 된다. 전통적인 자막의 틀에선 외국어나 인용구들을 표현할 때 자막을 이텔릭체로 처리하거나 노란색을 입힌다. 언제, 누가 이런 가이드라인을 만들었는지 모르겠지만 지금껏 그렇게 사용해왔다. 그리고 10년 전쯤만 해도 '"마이클"이 널 사랑한대'처럼 캐릭터의 이름엔 반드시 쌍따옴표가 붙었다. 세로 자막을 쓰던 시절이라 그랬는지 몰라도 항상 그런 식이었다.

그렇다면 질문. 외국어나 특정 대사를 이텔릭체로 처리하는 것은 허용되는 개입이고 폰트를 바꾸는 것은 허용 불가능한 개입인가? 그렇다면 글자 크기를 전체적으로 줄이고 키우는 것은 개입인가? 글자 하나만 크기를 조절하는 것은? 노란색을 입히는 것은 개입이 아니지만 빨간색을 입히는 것은 개입일까? 그 판단을 누가 내리는 것인지 궁금하다. 번역가들 사이에 합의된 가이드라인도 없을뿐더러 틀을 옥좨봐야 자막의 잠재력과 가능성을 압사할 뿐이다. 싫은 소리를 종종 듣다보니 도전욕이 조금씩 사그라든다. 아무 고민 없이 평범하게 쓰면 싫은 소릴 안 들어도 될 텐데 하는 편의추구적인 생각이 샘솟는다. 그렇다고 얌전히 시키는 대로 할 성격도 못 되고.

쓰다보니 그런 생각이 든다. 앞으로 영화 번역을 하게 될 젊은 번역가들이 정말 기발하고 혀를 내두를 시도들을 마구마구 해주면 되지 않을까. 내 좀스러운 시도 따위는 거기에 묻혀서 잘 보이지도 않도록… 아, 진짜 궁상맞다.

번역가의 개입과 틀을 깨는 시도의 적정선을 찾는 일은 이 일을 놓을 때까지도 해결하지 못할 것 같다. 시도해도 불편하고 그냥 둬도 불편하고. 무슨 성격이 이렇게 불편하게 생겨먹었는지 모르겠다.

관객의 언어

내 자막은 아니었지만 어떤 자막에 불만을 표시하는 글을 봤다. 그 자막은 "요기 좀 하고 올게"였고 원문은 글쓴이가 조금 다르게 썼지만 아마도 "I'm gonna grab some snacks(직역: 간식을 먹으러 갈 것이다)"였을 거다. 불만의 요지는 '요기'라는 단어가 관객들에게 익숙하지 않은 표현이라는 거였다. 실은 조금 놀랐다. 저게 어려운 단어였나 하는 생각 하나, 저 원문을 '요기하다'로 옮긴 건 굉장히 좋은, 번역가로서 샘나는 발상의 번역이라고 생각하는데 이것도 불호가 있구나 하는 생각 하나. 써놓은 걸 읽을 때나 쉽지, 저런 걸 번역 당시에 툭툭 떠올리는 건 아주 어려운 일이다.

자막의 어투를 결정하는 커다란 기준들 가운데 하나는 캐릭터다. 캐릭터의 배경과 성격 등 여러 가지를 고려했을 때 그 캐릭터가 씀직한 어투로 설정하려 노력한다. 저 문제의 대사를 한 캐릭터가 누군지 봤더니 나이 지긋한 중년 아저씨다. 어떤 기관의 요원이자 고위 관리자. 요기라는 말을 사용해도 전혀 무리가 아닌 캐릭터다. 십대 캐릭터가 요기라는 표현을 자꾸 쓴다면 정말 이상하겠지만 이런 상황에서는 아무 지장이 없다. 오히려 매우 좋은 선택이다.

얼마 전 프렌치 디스패치라는 신문사에 관한 영화를 번역했는데 영화는 내내 기자들의 독백 같은 내레이션으로 진행됐다. 기자들이 뱉는 대사의 톤은 시종일관 위트 있었고, 다소 장황했고, 지나칠 정도로 현학적이었다. 이 정도로 번역 난이도가 높은 영화를 마지막으로 본 적이 언제였는지 떠오르지도 않았다. 조금이라도 길다 치면 한 문장에 모르는 단어가 두어 개씩 튀어나왔다. 프로 번역가라면 이게 얼마나 말이 안 되는 난이도인지 짐작이 갈 거다. 전문가라면 수십 문장에서 모르는 단어가 서너 개 정도 나오는 게 보통이기 때문이다. 작품 설정 때문이라지만 캐릭터들이 너무 현학적인 어휘들을 골라 쓰다보니 번역가가 죽어날 수밖에.

단적인 예로 'saturate'라는 단어를 쓴 대사가 나왔는데 이 단어는 '흠뻑 적시다' '포화 상태로 만들다' 정도의 뜻이다. 이 단어가 포함된 대사의 자막은 아래와 같다.

"문란한 정적의 공기가 저녁을 눅진하게 적신다."
(An air of promiscuous calm saturates the hour.)

한국어로 봐도 대사가 어렵다. 흔한 단어도 아니고 구어에서 그리 많이 사용되는 단어도 아니다. 하지만 이 기자 캐릭터는 아주 현학적인 톤을 사용하느라 이런 단어들을 자신의 저널에 일부러 잔뜩 구겨 넣었다. 당연히 그가 말하는 문장들도 아주 어렵다. 저 자막 역시 관객들에겐 어려웠을 수 있다. '눅진하다' 같은 표현이 일상어도 아니고. 그런데도 작품 설정이 그렇다면 나는 낯선 어휘라도 적극 사용하는 편이다. 게다가 어감이라는 걸 중요하게 생각해서 어감과 맥락이 시너지를 내는 장면이면 어휘가 어려워도 크게 겁내지 않고 자막에 올린다. '눅진'이라는 단어에서 오는 느낌은 '눅눅하고 진득한 무언가'다. 두 글자만 봐선 뭔지 모르겠지만 "공기가 저녁을 적신다"라는 원문의 문맥이 있다면 그 안에서 눅눅하고 진득한 이미지를 느끼기 충분하다. 거기에 음악과 미장센까지 '눅진'을 받쳐준다면 관객이 단어의 사전적인 의미를 몰라도 자막을 본능적으로 받아들이는 데 무리가 없다고 본다.

영화 번역계에는 (누가 가장 먼저 한 말인지 모르겠지만) 옛날부터 이런 말이 있다. "포르노를 번역해도 초등학생이 알아듣게 번역한다." "번역은 제2의 창작"이란 말과 더불어 내가 그리 좋아하지 않는 말이다. 요즘 관객의 요구를 맞추긴 어려운 번역관이 아닐까 싶다. 수사란 걸 알지만 초등학생이 포르노를 볼 일도 없을 뿐더러 포르노는 포르노를 볼 관객의 수준에 맞게 번역해야 한다고 생각한다. 그리고 초등학생이 볼 영화라면 초등학생이 이해하게끔 번역하면 될 일이다. 옛날 관객은 쉬운 자막만을 요구했을지 모르지만 지금 관객들의 요구는 훨씬 다양하다. 그 요구에 맞추려면 관객들이 어떤 자막을 좋아하고 싫어하는지를 캐치하는 것이 아주 중요하다. 구구절절 설명에 충실한 자막, 트렌디한 유행어 자막, 어순에 의한 스포일러 자막 등 관객의 기호를 쉬지 않고 살펴야 한다는 거다. 물론 저 말이 무조건 틀린 것은 아니고 저렇게 번역해야 하는 경우도 있긴 하다.

예전에 드라마 밴드 오브 브라더스²⁰⁰¹를 번역할 때 포격 요청 장면에서 아래의 자막을 쓴 적이 있다.

"포대삼발, 화집점 찰리. 줄이기 둘백, 좌로 하나백."

여기서 이렇게 외계어 같은 포병어를 자막으로 쓸 수 있었던 건 관객이 저게 뭘 의미하는지 몰라도 되는 장면이기 때문이다. 만약 지금 포격 세 발을 요청하고 있다는 사실을 관객이 반드시 알아야 다음 장면을 이해할 수 있는 상황이라면(세번째 포격을 신호로 캐릭터들이 뭔가를 하기로 대화가 오간다거나) '포대삼발'이라는 자막은 쓸 수 없다. 이럴 땐 리얼리티를 희생해서라도 '포격 세발'이라고 써야 한다.

이런 예를 제외한다면 자막의 어휘 수준은 캐릭터를 기준으로 삼는 것이 온당하다. 위에 언급한 예처럼 캐릭터는 현학적인 어투를 쓰는데 무조건 술술 읽히도록 쉬운 어투로 윤색해버리면 캐릭터도 사라지고 연출자와 작가의 의도도 사라진다. 영화 번역가는 관객의 편의를 위해 작업하는 사람이지만 기본적으로는 전달자다. 기계적으로 쉽게 윤색하는 것은 작품에 대한 배신이기도 하고, 작품을 온전히 감상하러 온 관객에 대한 배신이기도 하다.

이런 번역관은 작업의 기준이 되어주어서 고맙긴 하지만 갈수록 들쭉날쭉한 관객들의 요구를 마주할 때면 과연 그게 맞는지 고민이 길어진다. 당장 내년의 관객들이 요구하는 선은 또 어디까지일지. 나는 그 선을 포착해낼 수 있을지.

"

이 글의 요지는 관객의 어휘 수준을 탓하자는 게 아니라 번역가로서 관객을 위해 언어적 익숙함의 선을 어디에 그어야 하는지 갈수록 고민이 깊어진다는 얘기니까 오해가 있다면 모두 내 모자란 글발 덕이다.

너 그래서 복받은 거야

김성수 음악감독님의 인스타그램 피드에서 연주자들의 미수금을 제작사 대신 개인적으로 선지급하셨다는 글을 봤다. 사실 전부터 이 얘길 여기저기서 종종 들어온 까닭에 놀라지는 않았다. 제작사에서 연주비 지급을 차일피일 미루고 있으면, 감독님께서 당장 사정이 급한 연주자들을 위해 사비를 털어 보내신다는 거다. 그 덕에 당신한테는 모아놓은 돈이 하나도 없다고 하셨다. 미담이라며 박수 치고 넘어가기엔 기실 아픈 얘기다. 그런데 이런 사정이 어지간한 분야에 다 있다. 그리고 하나같이 참 비슷하다.

그리 멀지 않은 언젠가, 한 수입사에서 영화 번역 의뢰가 왔다. 하지만 내 미수금이 많던 곳이라 도저히 또 믿고 작업할 순 없어서 정중히 거절했다. 그런데 대면 약속을 잡으면서까지 직접 만나서 꼭 내 자막으로 해야겠다고 부탁하셨다. 솔직히 내가 번역한다고 흥행 못할 작품이 흥행하는 것도 아니고, 내가 안 한다고 흥행할 작품이 망하는 것도 아니다. 이건 나만 알고 있는 대단한 비밀도 아니고 이 업계에 있는 사람들은 — 그 영화를 의뢰하려던 대표님을 포함해 — 대부분 아는 상식이다. 그런데도 굳이 나를 고집하신다는 건 이 영화를 반드시 성공시켜야 한다는 절박함이 있다는 뜻이기도 하다. 내가 알기로도 이것만은 반드시 성공시키셔야 했다. 그래서 조건을 걸었다. 쌓인 미수금을 모두 해결하고 번역료도 선금으로 주신다면 작업하겠다고. 개인적으로도 관심이 크던 작품이었으니까 현실적인 문제만 해결된다면 안 할 이유가 없었다.

그런데 내가 그 작품을 하게 됐다는 게 알려지고서 어느 번역가에게 연락이 왔다. 혹시 그 수입사에 쌓인 미수금 없으시냐고. 그 번역가는 쌓인 건수가 많다고 했다. 듣자니 그분만이 아니었다. 두 분을 모두 카톡방에 모시고 자초지종을 들었다. 아무래도 단가 차이가 있다보니 두 분의 미수금을 합친 게 내 미수금보단 적었다. 경력이야 내가 훨씬 많지만 내가 키운 분들도 아니고 딱히 업계 후배라고 하기도 뭐했다. 하지만 그저 사정을 듣고 있자니 그간 내가 떼인 돈들이 떠올랐다. 내가 18년을 일하면서 못 받은 돈이 얼마나 됐더라. 지금이야 그런 일을 거의 겪지 않지만 경력이랄 것도 없을 땐 돈을 떼이는 게 일상이었다. 번역 업계만이 아니라 어느 분야든 프리랜서 시장이 대부분 이렇다. 낮은 단가를 받는 사람일수록 돈을 떼이기 십상인데 그렇다고 평가가 애매한 업체들과 일을 안 할 수도 없다. 당장 내 경력에 날 써주는 곳은 그런 곳들뿐이니까.

고민 끝에 옛날 생각이 나서 수입사에 말씀드렸다. 나는 회사 사정이 좀 괜찮아지면 받을 테니까 두 분 미수금 먼저 해결하시라고. 총각 때면 모를까 가정을 꾸린 입장에선 쉽지 않은 결정이다. 그래봐야 애 키우는 내 통장 꼴도 고만고만하니까. 형편이 좋고 윤택해서가 아니라 너무나 잘 알기 때문이다. 회사에서 누구의 미수금을 먼저 해결하려고 할지, 이런 방법이라도 쓰지 않으면 저 사람들이 돈을 받을 확률이 얼마나 될지. 천만다행히도 영화는 수익을 냈고 두 분의 미수금은 해결됐다. 내 미수금도 차차 해결되었고. 이후 그분들에게 고맙다는 인사를 받았다. 회사에서 돈을 받으며 전후 사정을 다 들었다고. 그런 사정 설명하실 일 없이 미리 잘 해결됐으면 얼마나 좋았을까.

얼마나 절벽 끝에 있는 업계인지를 누구보다 잘 아니까 업계에 있는 사람으로서 이런 일마다 마냥 눈을 부라릴 수도 없다. 사정이 늘 좋은 회사가 어디 있겠냐만 내 지인이 대표로 있는 어떤 회사는 초기에 사정이 좋지 않을 때에도 그가 마이너스 통장의 바닥에 있는 돈까지 긁어모아 인건비부터 지급한 덕에 인건비를 밀린 적이 한 번도 없었다. 그후 운도 따랐겠지만 지금은 수십 배 규모의 회사가 됐다.

그 친구를 만날 때마다 종종 "너 그래서 복받은 거야"라고 농담조로 말한다. 농담처럼 말은 하지만 그게 정말 사실이면 좋겠다. 힘들 때도 원칙대로 정당하게 사람을 대우해서 운이 들어온 거고 복을 받은 거라고. 뻔한 권선징악 전래동화의 결말처럼 그렇게 순진하게 믿고 싶다.

마지막이 될지 모르니까

쓰리 빌보드 *2017* 라는 작품의 GV중이었다. 주인공이 표출하는 분노의
원인을 묻는 관객의 질문에 답하다 말고 마이크를 내렸다. 말하
는 도중에 당황스럽게 울컥하는 울음소리가 답변에 섞여 튀어나
온 거다. 이런 적이 처음이라 난감하고 민망했는데 거기에 눈물까
지 터져 쉽게 그치질 않았다. 도저히 객석을 보고 있을 수가 없어
한참 고개를 돌리고 있었다. 같이 진행하던 분이 있기에 망정이
었지.

쓰리 빌보드의 주인공 밀드레드는 한 성격 하는 괄괄한 중년
여성이다. 성격 탓에 집 안팎에서 대인 관계가 그리 좋지 않다. 급
기야 하루는 외출하며 차를 쓰겠다는 딸과 언쟁을 벌이다 상상을
초월하는 말을 뱉어버린다.

"걸어가, 그냥 걸어가!"

"걸어갈 거야! 걸어다니다가 강간이나 당할 거야!"

"그래, 오다가 강간이나 당해라!"

불길한 전조대로 딸은 밤거리에서 강간당한 후 살해당한다. 그후 밀드레드는 커다란 광고판에 지지부진한 수사를 조롱하고 도발하는 문구를 올리며 애꿎은 경찰서장에게 원망을 쏟아낸다.

밀드레드와 그의 딸처럼 아버지와 나도 앙숙이었다. 아버지는 자식을 비롯해 사람들을 대하는 태도가 밀드레드보다 심하면 심했지 덜한 분이 아니셨다. 그 덕에 얼굴만 봐도 싸우는 게 일상이던 우리는 정말 오랜만에 하던 통화에서도 결국 평소와 다름없이 다신 보지 말자며 서로 소릴 질러댔다. 아버지는 꼴도 보기 싫다며 이제 집에도 오지 말라고 했고, 나는 옳거니 알겠다고 앞으론 보지 말자고 고함을 지르고 일방적으로 전화를 끊어버렸다. 전화를 끊고 잠시 씩씩댔을 뿐 별 감정이 없었다. 늘 있는 일이었으니까.

그다음주, 아내와 커피 하나씩 들고 산책하던 중에 비현실적인 전화를 받았다. 그제 속초로 여행을 가신 아버지가 추돌사고로 돌아가셨다는 급보였다. 조수석에 탔던 어머니도 위중한 상태셨다. 전화를 받고 있는 아내 옆에서 커피를 바닥에 떨구고 그대로 주저앉아버렸다. 그땐 어떻게, 무슨 정신에 속초까지 차를 몰고 갔는지도 모르겠다. 머릿속엔 온통 아버지에게 했던 마지막 말이 맴돌았다. 기억력도 좋지 않은 머리에 그 단어 하나하나, 그 뉘앙스까지 생생하게 떠올랐다.

장례를 다 치른 후에도 어머니 간병을 하면서 교통사고 소송으로 거의 2년을 보냈다. 온전히 상대 차만의 잘못은 아니었지만 내겐 욕하고 저주하고 원망할 대상이 필요했다. 아버지와의 마지막 대화를 그렇게 끝낸 죄책감을 받아들일 수가 없어서 철저하게 남을 탓하고 싶었다. 밀드레드도 나와 같지 않았을까. 나를 원망해야 하는데 그것조차 너무 쉬운 회피처럼 느껴지진 않았을까.

아버지 일을 겪은 후로 사람을 대하는 게 조금은 달라졌다. 모든 사람에게 살갑게 대하기는 불가능하지만 일부러 상대를 아프게 할 필요는 없더라. 살면서 만나는 모든 사람은 저마다 당신과의 마지막날이 있다. 다만 그게 언제일지는 모른다. 그래서라도 소중한 사람에겐 물론이고 아무리 싫은 사람이라도 마지막 인사는 무던히 하는 게 좋다. 억지로 상냥하게 대할 필요는 없지만 일부러 상처를 줄 필요도 없다. 그저 덤덤하게 후회가 남지 않을 만큼은 인사하자.

마지막일지도 모르니까.

부산 사람 다 되셨네예

드라마 **파친코** 5화에 잠시 등장한 돼지 치는 옆집 아주머니는 정
마린 배우님인데, 이분은 사실 배우로 섭외됐던 분이 아니라 내
대본 작업을 도와주실 부산 사투리 자문 역이셨다.

　내가 처음 **파친코**의 번역 작업을 수락하면서 내건 조건이 사
투리 감수 작업을 도와줄 사람을 붙여달라는 거였다. 내가 아무
리 비슷하게 써봐야 네이티브들이 보면 비웃음거리라고. 제작사
측에서 흔쾌히 그러겠다 해서 알아서 구해주시겠거니 했더니 이
마저도 몇 분을 섭외해서 오디션을 봤다. 나도 신중하게 질문하고
농담도 던지고 하면서 같이 일할 분을 찾았다. 실력도 실력이지만
성격이 맞아야 일을 하니까. 감사하게도 제작사에서 결국 내가 고
른 분을 뽑아주셨고, 그분이 정마린 배우님이셨다. 할머니 선자의
말투를 가장 잘 살려주실 분 같았다.
　이분은 부산에 계시면서 부산 국립극단에서 활동하던 연극배
우시다. 연세가 환갑이 넘으셔서 말씀을 아주 구수하게 하신다.

민요도 아주 맛깔나게 부르시고. 원래는 매주 한 번씩 서울로 올라오시면 대면해서 대본 작업을 할 예정이었지만, 그렇게 약속한 직후 코로나가 터져버렸다. 그래서 작업은 내내 줌으로 비대면 미팅을 통해 할 수밖에 없었다.

회의는 내가 어설프게나마 사투리로 번역해놓은 대본을 화면에 띄워두고 실시간으로 함께 읽으면서 진행했다. 인물의 심정이나 대사의 문맥을 설명해드리고, 이런 말은 사투리로 어떻게 쓰는지 물어본 후 대사를 고친 다음 배우님께 낭독을 부탁드렸다. 듣고 어색한 부분은 몇 번이고 의견을 물어 다시 고쳐보고 그때마다 낭독을 부탁드렸다. 그러니까 대사 하나를 최소 다섯 번, 많게는 스무 번 이상도 읽으셔야 했다.

독백이 길면 처음부터 끝까지 한 호흡으로 읽어주십사 부탁드리기도 하고 1인 3역의 장면을 부탁드릴 때도 있었다. 표준어가 있는 장면이면 상대역은 내가 하기도 했다. 목이 쉴 정도로 고된 일이었는데 독하게 일 시키는 놈한테 힘들다는 기색 한번 없으시고 내내 유쾌하셨던 감사한 분이다.

이 과정이 정말 좋았던 건 이분이 베테랑 연기자였기 때문이다. "이 장면은 정말 원통하고 답답한데 억지로 감정을 숨기고 뱉는 대사예요" 같은 주문에도 정말 감정을 잔뜩 실어서 기가 막히

게 읽어주신다. 어린 선자든 할머니 선자든 캐릭터에 꼭 맞게. 심지어 어부 아저씨들의 거친 말투도 그대로 흉내내시더라. 특히 땅주인 할머니와 할머니 선자의 대사가 워낙 많이 바뀌어서 몇 번을 읽으셨는지 모르겠다. 그런데 그 장면은 바뀐 대사도, 이전 대사도 감정의 깊이가 대단했다. 그래서 낭독하시는 걸 들으면서 많이 울컥했다. 거의 흐느끼시며 읽으시더라. 지금 생각해보면 2년 가까이 작업하면서 내 귀가 평생 못할 호강을 했구나 싶다.

이렇게 1년 가까이 일하다보니 나도 어느 정도는 부산 사투리를 쓸 수 있게 됐다. 종종 현장에서 급히 바뀌는 대사들을 바로바로 처리해서 보내줘야 할 때도 있었는데 우선 써놓고 연락해서 여쭤보면 "선생님도 부산 사람 다 됐네예" 하고 웃으셨다. 그대로 써도 되겠다고. 그런데 내 머리가 어디 가나, 지금은 또 까맣게 잊어버렸다.

그쯤이었던 것 같은데, 캐스팅이 한창이었지만 잘 풀리지 않아 고생중이라는 말이 들려왔다. 그도 그럴 것이 캐스트가 한둘이 아닌데, 사투리도 유창해야 하니 캐스팅이 쉬울 리가. 그래서 작가진에 정마린 배우님을 추천했다. 연기야 너무 잘하시고 경력도 충분하시니 마땅한 배역이 있다면 고려해보시면 좋겠다고. 배우님은 이후 감수뿐 아니라 사투리 코치 제안도 받으셔서, 촬영 내내 국내외 현장에 상주하면서 배우들의 사투리 트레이닝을 담당하고 계셨다. 대본도 잘 아시겠다, 촬영 현장에도 마침 상주하시겠다, 부산 네이티브시겠다, 너무 좋은 조건 아닌가.

그렇게 얼마 후, 단역을 맡으셨다는 소식을 들었다. 대사가 아주 걸쭉하고 재밌는 역이었다. 단역치곤 비중도 있었고. 그 덕인지 그 배역 대사는 더 신이 나서 낭독하셨다(실제로도 엄청 귀여운 분이다). 나도 덩달아 기분이 좋았다.

사투리 대사는 정마린 배우님, 변종수 배우님(제주도 사투리를 봐주셨는데, 같은 과정으로 촬영에 합류하셨다)이 없었으면 아예 불가능했을 작업이다. 그야말로 내가 숟가락만 얹고 갔다고 해야 하나. 나한테는 '치트키' 같은 존재셨다. 앞으로 어떤 활약을 보여주실지 모르겠지만 두 분 모두 승승장구하시길.

아는 만큼 보이고,
알려진 만큼 보여지는

어제 라디오 녹음 대본에 이런 질문이 있었다. 번역가로 이름이 많이 알려지는 데에서 오는 압박감이나 단점이 있는지. 이런 질문을 받을 때마다 류승수 배우의 우주 대명언이 떠오른다.

"아무도 나를 모르고 돈이 많았으면 좋겠어요."

(다시 봐도 키보드를 치다 말고 손을 들어 박수를 치게 된다.)

맨부커상을 수상한 한강 작가의 『채식주의자』는 번역가도 함께 수상하는 상인 까닭에 데버라 스미스 번역가까지 단숨에 유명인으로 만들었다. 그런데 대부분의 사람들은 데버라 스미스가 유명해졌다는 것까지만 알지 그후의 사실은 알지 못한다. 번역가에게, 작가에게, 출판사에 오역 지적이 수백 건도 넘게 들어갔고 결국 작가가 인정한 60곳 정도를 수정하여 재출판했다는 사실은.

오역을 바로잡는 일은 건전하고 건설적인 일이다. 작품이 제 모습에 더 가까이 다가서는 일을 나쁘다고 할 사람은 아무도 없으니까. 다만 이 건에서는 그 과정이 오로지 학술적이고 건전한 비판 제기로만 이어진 것은 아니어서 어떤 사람들은(전문가를 포함해) 맹폭이라고 할 정도로 가차없는 공격과 인신 모독적인 발언을 공개적으로 지면을 통해 쏟아내기도 했다. 마치 누가 더 신랄하고 집요하게 지적할 수 있는지를 겨루는 것처럼. 마치 번역가가 절대 불가침의 신성을 모독한 것처럼.

요는 번역가가 작가와 작품을 배반했으며 작가의 영광을 가로챘다는 것이다. 번역가에게 이보다 아픈 말은 없을 거다. 공격은 작가 본인이 나서서 수습하려 해도 그쳐지질 않았다. 9명의 번역가 GV를 준비하면서 이와 관련한 한강 작가의 인터뷰를 접했다.

원본을 훼손한 번역자를 비판하거나, 반대로 번역을 상찬하며 원작을 절하하는 과정에서, 때로 문학적인 담론의 지점을 넘어 이 책의 '영광'이 과연 누구의 것인가를 질문하며 어느 한쪽을 선택해 공격하거나 배제하는 양상이 나타나기도 했는데요. 실은 모두가 알다시피 문학은 성공과 영광을 위한 것이 아닙니다. 문학은 사업이 아니고, 문학 작품은 사업적 결과물이 아닙니다. 기본적으로 덧없는 것이고, 그 덧없음의 힘으로 진실과 직면하는

것이고, 세계와 싸우며 동시에 말을 거는 것입니다.[○]

영화 번역가도 다르지 않다. 이 글을 쓰는 순간에도 메시지함에 서슬 퍼런 창이 수백 개 꽂힌다. 일일이 대꾸할 수도 없고, 할 의미도 못 느끼지만 압박감은 느낀다. 삐끗해서 뒤로 넘어지면 저 많은 창끝에 꼬치가 되겠구나 하는. 그 압박감이 매 편 번역할 때마다 온다. 언젠가부터 번역을 채점하는 관객들이 기하급수적으로 늘었다. 나는 작품마다 매번 시험을 보고 적게는 수만 명, 많게는 천만 명에게 시험지를 검사받는 기분이다. 이런 기분이 들 때면 숨이 가빠온다. 성적으로 아이를 학대하는 부모를 둔 기분. 매번 벌벌 떨며 시험지를 내미는 기분.

영화 번역가라고, 이름이 알려졌다고 해서 모든 영화를 다 잘 번역할 수 있는 건 아니다. '이건 정말 역부족이다'라고 속으로 엉엉 울면서 번역한 영화가 얼마나 많았는지. 그런데 당연하게도 관객이나 클라이언트는 알려진 이름만큼의 질을 기대한다. 그러니

○ 연합뉴스「한강 "'채식주의자' 오역 60여 개 수정… 결정적 장애물 아냐"[①]」
(2018.01.29.)

실질적인 능력과 기대에서 오는 괴리가 종종 사람을 잡는다.

이름이 알려져서 득이 되는 부분은 분명히 있다. 지금 와서 힘들다고 하면 배부른 투정이라 할 사람도 많을 거고. 그걸 너무 잘 알면서도 가끔은 모르겠다. 이렇게 자꾸 절벽 끝으로 떠밀리고 스스로 구석에 몰아넣는 자학적인 삶이 좋은 삶인지는.

낭비할 시간, 잔뜩 있어

연애의 부작용이란 영국 드라마에 그런 대사가 있다.
²⁰¹⁴

> "난 똥을 참았다가 직장에서 싸. 그래야 똥 싸면서도 돈을
> 버니까."

나는 이 실없는 직장인들의 농담이 얼마나 부러운지 모른다.
시간이 돈인 프리랜서에겐 불가능한 농담이니까. 프리랜서가 되
고부터는 어떻게든 시간을 쪼개 쓰려 노력했다. 1분을 놀지 않고
일하면 1분만큼의 돈을 더 벌고, 1분 일할 시간을 낭비하면 1분
만큼의 손해를 본다. 그래서 나는 공휴일이나 주말도 싫다. 주말
이틀, 혹은 연휴 사나흘을 놀면 그만큼의 수입을 포기해야 하는데
직장인에겐 휴일이 그런 개념이 아니다보니 왠지 나만 일해서 억
울한 느낌이랄까. 다 같이 못 놀고 일해야 하는 평일이 좋다. 못돼
처먹은 물귀신 심보다.

사실 프리랜서가 아니라도 요즘은 시간 낭비하는 걸 모두가

죄악시하는 시대다. 1분 1초라도 아껴서 영단어를 외워야 하고, 수학 문제를 풀어야 하고, 운동을 해야 하고, 책을 읽어야 하고, 취업 준비를 해야 한다. 그렇게 찰나의 시간까지 쪼개서 바쁘게 사는 사람을 동경하고 그렇지 못한 나를 자책하기도 한다. 방귀 뀐 놈이 성낸다고, 시간 낭비의 대명사로 불리는 TV 같은 미디어에서조차 시간을 낭비하지 말라며 잔소리를 해대니 감히 시간 낭비를 합리화할 용기가 나질 않는다. 잠시라도 시간을 낭비했다간 죽어서 이정재 배우를 닮은 염라대왕 앞에 질질 끌려가 찍소리도 못한 채 이마에 '나태 지옥행'이란 인두 낙인이 찍힐 것만 같다. 가뜩이나 시간 사용에 강박이 있는 나는 주위에서 "바쁘게 살아야 한다"라는 말을 들을 때마다 신경이 곤두선다. 저놈의 '부지런 천국, 나태 지옥' 슬로건.

언젠가 GV 때문에 차를 몰고 서울에 나가던 날이었다. 잘 듣는 노래 플레이리스트를 평소처럼 재생해서 듣는데 스노우 패트롤의 〈체이싱 카스〉가 흘러나왔다. 멍하니 듣다가 그날따라 한 구절이 귀에 박혔다.

"Let's waste time. Chasing cars."

(시간을 낭비하자. 차들을 쫓아다니면서.)

    작정하고 시간을 낭비해본 적이 마지막으로 언제였더라. 내 미래에 아무 보탬도 되지 않을 시답잖은 일들을 하면서 걱정없이 시간을 펑펑 써버린 지가… 20년쯤 됐을까? 아니면 35년 전쯤 동네 아이들과 모기차(방역차)를 쫓아다니던 시절? 그때 생각이 나니 문득 그렇게 차나 쫓으면서 시간을 낭비하고 싶어졌다. 지금 모기차를 쫓아다녀봐야 그때처럼 재미도 없을 게 뻔하고 눈코입이나 따갑겠지만(아마 누군가 경찰에 신고할지도 모르겠다).

    상상은 꼬리를 물고 머릿속에서 판타지 드라마를 한 편 찍는다. 평소처럼 헤드폰을 끼고 영화 번역에 몰두하는 꼭두새벽. 대학 시절 친구들이 28층 창문 밖에 그때 그 모습으로 몰려와서는 낄낄대며 그러는 거다.
    "나와. 시간 낭비하러 가자."
    나는 망설이다 대답한다.
    "미안한데… 낭비할 시간이 없어."
    그러면 입이 걸걸한 친구 한 놈이 그런다.
    "헛소리 말고 나와, 이 새끼야. 낭비할 시간, 잔뜩 있어."

저 녀석이 있다고 하면 정말로 있는 것만 같다. 나는 컴퓨터를 그대로 켜둔 채 내 방 창문을 넘어 공중에 둥둥 떠 있는 차에 올라 탄다. 뭘 미적대냐고 궁시렁거리는 친구들에게 뒤통수를 얻어맞 으면서.

아직도 시간을 낭비할 용기가 없는 나는, 이렇게 못 이긴 척 상상의 손을 잡고서라도 낭비할 시간이 있다고 믿고 싶다. 가끔은 누군가 아직 낭비할 시간이 있다고 말해주면 참 좋겠다.

싹을 밟아주겠어

모 유명 셰프의 폭력적인 만행을 고발하는 프로를 보다가 기시감이 들었다. 쥐꼬리만한 권력일지라도 생기기만 하면 곧장 휘두르려고 드는 인간들을 이 업계에서 왕왕 봐와서 그런가 싶다. 언젠가 그런 말을 서슴없이 하는 번역가가 있었다. 극장에 발도 못 붙이게 싹을 밟겠다느니, 누굴 키워주려 했더니 안 되겠다느니. 영화 번역계에 대한 지식이 전무하던 우리는(케이블 TV 번역 시장과 개봉관 번역 시장은 아예 별개의 시장이다) 이 바닥이 그렇구나 하고 그 사람을 어려워했고 어떤 이들은 그에게 줄을 서기도 했다.

그는 내 가장 친한 친구이자 동료인 번역가와 척을 진 사이였는데 그 친구 녀석은 술만 마시면 내게 주정 같은 오지랖을 쏟아냈다. 나는 그 인간과 사이가 멀어졌지만 너는 극장에 진출할 생각이면 그 인간과 친해야 한다고. 참담했다. 그 정도로 우린 영화 번역 시장에 대해 잘 몰랐다. 하지만 나도 결국은 친구의 조언과 달리 그를 참아주다 못해 대판 싸우고 관계를 끊어버렸다. 내겐 자존심까지 버려가며 비굴하게 누구 비위를 맞출 수 있는 단단함이 없었다. 그날은 서러워서 눈물이 다 났다. 영화 번역가가 되는 길이 영영 막혀버린 것처럼. 정말 그에게 내 꿈을 막아버릴 힘이 있는 줄만 알았다.

우여곡절 끝에 막상 영화 번역가가 되고 나니 번역가에게 그런 힘이 있긴커녕 그저 하루하루 일을 받고 쳐내고 살아남기 바빴다. 그제야 알았다. 우린 속았구나. 일종의 가스라이팅을 당했구나. 전에도 SNS에 이런 이야기를 쓴 적이 있는데 각종 직군에 있는 사람들이 저마다 공감한다며 본인들 분야를 말하는 줄 알았다고 댓글을 달았다. 참, 어느 분야나 있다. 작은 권력이든, 실재하지 않는 권력이든 거대한 권력으로 속여 휘둘러대는 깡패들이.

몇 년 전인가 번역가 카페에 하소연하는 글이 하나 올라왔다. 이 번역가는 번역 회사에 샘플 테스트를 보내고 통과했지만 회사가 말도 안 되는 단가를 제시했기에 계약을 거절했다. 그러자 회사는 샘플 테스트 감수 비용을 지불하라고 옥박을 지르는 것도 모자라 황당하게도 번역가 카페까지 쫓아와서 영상 번역계가 얼마나 좁은 줄 아냐며 협박을 하고 행패를 부렸다.

개인적으로 알아보니 번역 아카데미를 졸업한 지 2년밖에 안 된, 경력이 새파란 사람이었다(그 사람 말대로 영상 번역계는 아주 좁다). 번역가에게 일을 발주하는 PM으로 취업하자 그게 권력처럼 느껴진 모양이다. 황당하게도 이 사람이 협박하고 있는 번역가들은 못해도 경력이 10년은 된 사람들이었다. 보다못해 참전했다. 솔직히 말하면 '보다못해'가 아니고 보자마자 피가 거꾸로 솟아서 뇌를 거치지도 않고 참전했다. 참고로 이 카페는 2007년에 내가 만들어 초대 운영자로 4년을 운영하던 곳이다. 지금이야 활동이 뜸하지만 내게는 고향처럼 애착이 큰 곳이다. 그런데 번역가 사이의 트러블도 아니고 업체에서 난입해 난동을 부린다고?

이 바닥 하루이틀도 아니고 번역 회사 이름만 알면 그 회사의 주력 클라이언트가 어딘지는 전화 한두 통으로 알 수 있다. 그리고 그 클라이언트의 과·부장급 실무자는 보통 두어 사람 건너면 아는 사이다. 그 사람 말대로 이 업계가 그렇게 좁다. 어차피 나와 엮일 일도 없는 사람이라 꺼릴 것도 없었다. 친해지고 싶은 사람도 아니었고. 화가 나서 마구 쏟아냈다. 그 알량한 경력으로 10년 차도 넘은 업계 선배들 협박하냐, 회사 주력 클라이언트 어딘지 아는데 실무자한테 전화 한 통 넣어주면 정신 차릴 거냐, 회사 대표는 당신 이러는 거 아냐, 당신 말대로 업계 좁은 거 실감하게 해줘야겠냐.

결국 그 사람은 금세 꼬리 말고 사과문을 올린 뒤 도망쳤다.

내내 공손하고 착한 번역가들만 상대하다가 성격 지랄맞은 번역가가 튀어나오니 당황스러웠던 건지. (트위터에서 나중에 두고보자며 내 욕 하다가 또 걸린 건 비밀로 하자.) 아무리 화가 나도 이 정도로 뱉어내진 않는데 솔직히 이 사람은 좀 심했다. 사실 완력을 완력으로 꺾는 것도 딱히 마음에 들진 않는다. 이러고 나면 꼭 후회를 한다. 더 어른스럽게 굴 수도 있었는데 궁상맞은 번역가로 이리저리 당하던 피해의식 같은 게 남아 있는 건지 욱하는 성질이 나와버렸다.

사람이 얌전하고 공손히 대하면 약자인 줄 알고 이빨부터 박는 저열한 인간들이 있다. 그럴 때 이쪽도 강하게 나가면 슬그머니 박은 이빨을 빼고 도망친다. 전형적인 강약약강. 왜 그렇게 사는지. 사회생활을 하다보면 상대가 알량한 권력 가지고 갑질을 해대도 꼼짝할 수 없는 경우가 많다. 솔직히 사이다 같은 결말은 현실에서 별로 없고 오히려 판타지에 가깝다. 나도 이런저런 조건들이 맞았으니 소릴 질러댄 것뿐이지 모든 경우에 저럴 수 있는 것도 아니다. 얼마나 많은 사회인들이 속이 텅 빈 깡패들의 공갈에 속거나, 알면서도 버텨내고 있을지. 오늘도 눈 꾹 감고 저열한 인간들을 참아내고 있는 사회인들의 단단함에 경의를.

띄어쓰기좀틀리면어때요

심심찮게 DM으로 들어오는 항의 글 가운데 하나가 띄어쓰기 관련 글이다. '~만큼' '~만 한' 같은 것들을 왜 다 붙여 쓰냐는 거다. 이런 항의는 그나마 이해가 간다. 원칙상 지적한 대로 쓰는 게 맞거든. 그런데 '~보다' '~주다'처럼 보조용언 띄어쓰기까지 지적하는 사람들도 많다. 심지어는 감수자들도 저걸 일일이 띄어쓰기 해놓는 경우가 흔하다. 지금은 그렇지 않지만 내가 케이블 TV 외화 번역을 하던 시절엔 보조용언이고 뭐고 전부 띄우는 게 원칙이었다. 그런데 이건 애초에 어법상 조건이 맞으면 붙이는 게 허용된다. 띄우든 붙이든 상관없다. 반대로 사전에 한 단어로 등재돼 띄우면 안 되는 경우도 있다.

나는 공적인 문서가 아닌 이상 띄어쓰기를 칼같이 지키려고 하진 않는다. 구어를 다루는 자막에선 더더욱. 자막에서 그러지 않는 건 스페이스를 한 칸이라도 줄여서 가독성을 확보하려는 이유가 크다. 그래서 어지간한 것들은 그냥 붙인다. '해 뜰 녘'도 '해 뜰녘'으로 '오늘 밤'도 '오늘밤'으로. 그런데 간혹 맞춤법이나 띄어쓰기를 과하게 지적하는 사람들이 있다. 글이고 댓글이고 쫓아 다니면서 맞춤법, 띄어쓰기를 수정해주는 사람들. 오, 제발… 그 근면함은 다른 곳에 쓰는 게 본인을 포함한 모두에게 좋지 않겠 나. 애초에 띄어쓰기 원칙이라는 게 아주 명확하질 않다. 아래 예 들이 옳은 띄어쓰기라는 걸 몇 명이나 알고 있을까?

해 질 녘, 해 뜰 녘

저물녘, 동틀 녘, 새벽녘

모기떼, 파리 떼, 매미 떼, 개떼,

강도떼, 도적 떼, 거지 떼

국립국어원의 권위를 존중해야겠지만 국립국어원에서 발표 하는 어법이 무슨 함무라비 법전도 아니고, 그것을 석판에 새겨 진 성문법처럼 생각해선 안 된다는 거다. 한글의 띄어쓰기는 한국 인이 아니라 존 로스라는 외국인 선교사가 만든 것으로 창제 당 시부터 법칙처럼 존재하던 것이 아니다. 존 로스의 영어 띄어쓰기 가 반영된 것이고 시대를 거쳐오면서 더욱 구체화, 체계화된 것뿐 이다. 그 과정에서 과도한 규칙들이 생기다보니 어쩔 때는 오히려 한국어의 접근성을 해치는 요소로 작용한다. 띄어쓰기는 사실 의미의 혼동이 없을 정도로만 사용해도 족하다.

그렇다고 '안 돼'와 '안돼', '못 하다'와 '못하다', '집 안'과 '집 안'처럼 띄어쓰기로 의미가 달라지는 것들까지 마음대로 쓰자는 게 아니다. 의미가 달라진다면 지켜야겠지. 이런 말이 나올 때마다 나오는 예는 언제적 "아버지가방에들어가신다"다. 문장엔 앞뒤 문맥이라는 게 존재하는데 무턱대고 극단적인 예를 들이밀어 봐야 무슨 설득력이 있겠나.

'어젯밤'과 '오늘 밤', '지난주'나 '이 주'… 나는 이런 것들을 일일이 떼고 붙이면서 규칙 자체를 점점 까다롭게 쌓아가는 게 무슨 득이 되나 싶은 거다. 게다가 국립국어원의 기준이 영구적이지도 않다. 시대에 따라 변하기도 하고 오용으로 치부하던 것들을 인정하기도 한다. 띄어쓰기든 맞춤법이든. 예를 들어 "좀 먹지그래"라고 붙여 써야 했던 것이 17년도에 이르러서야 '먹지 그래'로 띄어 쓰게 수정됐다. '발트 해' '미주리 주'처럼 해, 강, 산, 주 등 늘 띄어 쓰던 것 역시 17년도에 붙이는 것으로 바뀌었다.

허접스럽다 → 허접하다

개개다 → 개기다

섬뜩 → 섬찟

굽실거리다 → 굽신거리다

삐치다 → 삐지다

딴죽 → 딴지

　이것도 몇 년 전까지만 해도 전자만 써야 했던 예들이다. 자막에 '허접하다'를 못 썼다. 심지어 '~길래'가 안 되던 시절도 있었다. 지금이야 '~길래'도 인정됐지만 그때는 "싸길래 좀 사왔어"가 아니라 "싸기에 좀 사왔어"로 써야 했다. 이게 오래전이 아니라 단 몇 년 전이다. 어법은 늘 변화한다. 그러니 당장 조금 틀리게 쓰는 예를 적발해냈다고 해서 대단한 일이 아니다.

　반대로 문어적 어법을 강하게 적용해 자막이 당황스러워지는 경우도 있다. 넷플릭스 자막 중에 '이제'를 죄다 '인제'로 고쳐놓은 것 때문에 이질감 느껴진다는 사람들을 많이 봤다. 그런데 어법상 '인제'가 맞는걸? 칼같은 어법을 적용한다면 "내 생각이 맞다"가 아니라 "내 생각이 맞는다"로 써야 한다.

　잠시 변화하는 어법에 개인적인 바람을 말해보자면… '바래' 좀 쓰게 해줘라, 제발. 언제고 인정될 것들 중 하나라고 확신하는

데 지금 어디에 '~하길 바래'라고 써봐라. 당장 '바라'가 맞다고 댓글이 주르륵 달린다. 그래서 난 자막에선 아예 쓰지 않을 수 있도록 문장을 우회해버린다. 구어를 다뤄야 하는 자막에서 '바라'를 쓰긴 너무 싫거든. 차라리 '바랄게' '빌어' 혹은 '~으면 싶어' 등등으로 쓰고 만다. '바래'가 가장 적합한 순간인데 해당 표현이 최고 효율을 낼 순간에 왜 그 표현을 쓰지 못하고 굳이 우회해야 하나. 이런 비효율이 어디 있담.

그럼에도, 때려죽여도 반드시 '바라'라고 써야 한다 주장하는 사람도 있을 거다. 그런데 정말 그분들은 '인제'나 '맞는다'도 같은 시각으로 보고 있는 걸까?

"네 말이 맞는다. 인제 꼭 맞춤법에 맞게 쓰길 바라."

정말로 이런 자막이 나와도 괜찮다고 생각하는 걸까? 자막은 글이 아니라 말인데 늘 글의 규칙을 강요받는다. 하지만 클라이언트에게도 소비자에게도 그 점을 납득시키기가 쉽지 않다.

이미 언중에 의해 널리 쓰이는 말들을 캠페인을 통해, 개개인의 지적을 통해 바로잡아 돌이키는 게 가능한 일인가? 언제가 되건 언중이 입말에서 '바라' '인제' '맞는다' 같은 것들을 사용하게 될 확률은 제로에 가깝다. 이럴 때면 언어는 인간이 통제할 수 없는 영역에 있는 것 같기도 하다. 우리가 생각하는 것보다 훨씬 거대하고 철학적이고 유기적인 존재라는 거다. 인간의 힘으로 어찌할 수 있는 게 아닐지 모른다. 어쩌면 언어의 복원력과 창조력, 생명력, 적응력 등을 가장 무시하는 건 오히려 언어를 약하디약한 아기처럼 귀히 떠받드는 사람들이 아닐까.

"

참고로 이 책의 맞춤법 띄어쓰기는 가독성을 위해 가능한 한 붙여 쓰는 것을 원칙으로 삼는 출판사의 편집 통일안을 기준으로 삼고 있다.

뉘앙스의 냄새를 맡는 사람

몇 달 전에 친분 있는 어느 배우분에게 연락이 왔다. 해외 작품에 캐스팅됐는데 대사 문제로 도움을 청하고 싶다는 거였다. 의외였다. 해외에서 콜이 온 것만 봐도 알겠지만 그분의 영어 실력은 나무랄 데가 없다. 영어로 대화를 나눠본 건 아니지만 의사소통 면에서도 나보다 훨씬 뛰어나실 거다. 그런데 웬?

자초지종을 들어보니 대사의 뜻을 모르는 건 아닌데 어떤 뉘앙스로 뱉는 대사인지 감이 안 온다는 거였다. 그걸 알아야 감정을 실어서 대사를 하고 연기도 할 텐데 당장은 연습하기도 어렵다고. 대본을 읽어보니 역시나 문장만으로는 애매하더라. 앞뒤 문맥을 다 보고 이것저것 여쭤본 끝에 의견을 말씀드렸다. 한국어 구어체로 하자면 이러저러한 말과 가장 가깝고 이 단어에 담긴 뉘앙스는 이러저러하다고(단 두 문장을 설명하는 데 훨씬 긴 문장이 필요했다). 다행히도 횡설수설한 힌트를 찰떡같이 알아들으시고 그제야 100% 완벽히 이해했다 하셨다.

그렇게 답해드리고 문득 이런 생각이 들었다. 어쩌면 영화 번역가라는 사람은 문장의 뜻을 옮기는 게 아니라 문장의 뉘앙스를 옮기는 사람이 아닐까 하고. 어찌됐건 문장 해석이야 그리 어렵지만 않으면 대학생들도 할 수 있으니까. 경험을 근거로 이 문장이 풍기는 뉘앙스의 냄새를 맡는 것. 감독이 아닌 이상 정확한 뉘앙스를 알 순 없지만 정확에 근접한 뉘앙스를 포착해내는 것. 그게 영화 번역가의 일인 것만 같다.

번역을 맡았던 넷플릭스 영화 **돈 룩 업**에 이런 장면이 있다. 소행성이 곧 지구에 떨어진다는 걸 방송에 내보냈는데도 아무런 반응이 없자 이 위기를 제일 처음 알린 린디 교수(디카프리오가 맡았다)는 낙담한다. 그러자 옆에 있던 기자가 기운 내라며 그에게 이렇게 말한다.

"멕시코와 스페인의 과학자들이 데이터를 검토중이에요. 그리고 어… 한국에서도 관심을 보이더군요."
(There are scientists in Mexico and Spain who are currently going through the data, and, uh, South Korea has expressed concern.)

린디 교수는 흥분해서 펄쩍 뛰며 이렇게 말한다.

"아, 잘됐네! 한국까지."

(Oh, that's great! South Korea.)

그런데 여기서 쓰인 "great"는 정말로 잘됐다는 게 아니라 비아냥대는 뉘앙스로, 그 반대의 의미일 확률이 크다. 뉘앙스를 읽기 나름이겠지만 경험상 이런 억양과 표정, 맥락으로 쓰였다면 굉장히 높은 확률로 비아냥(sarcasm)이다. 한국인들이 정말 기분 나쁘게 받아들인다면 한국 비하로 읽을 수도 있겠지만 거기까지 가는 것은 지나친 것 같고, 지금 린디 교수는 속이 뒤집혀서 상대의 말을 마구 비꼬고 있는 거다.

지구가 멸망할 대위기를 방송에서 떠들었는데 아무도 관심이 없고 그나마 멕시코와 스페인이 데이터를 검토중이며 한국은 관심만 표명했단다. 이 3개국이 천문학에서 국제적 인지도가 1, 2, 3위인 국가면 또 모르는데 그것도 아니니 속이 상해 튀어나오는 말이다. 만약 한국에서 전쟁이 터졌는데 미, 영, 러 같은 강대국은 관심도 안 보이고 몰타 공화국에서 군수 지원을 고려중이라는 기사가 뜬다면 그게 아무리 고마운 일이라고 해도 실망하고 감정이 상한 사람들은 이렇게 말할 거다. "야, 자~알됐네. 몰타까지 관심을 표명해주고." 이 문장도 다르지 않다.

그런데 더빙에선 이것과 반대의 뉘앙스로 번역됐다고 알고 있다. '한국이 관심을 표명했으니 그래도 희망은 있다' 같은. 그 번역이 틀렸다는 말을 하려는 게 아니다. 다시 말하지만 뉘앙스는 읽기 나름이다. 이럴 땐 어느 쪽이 오역이라고 단언할 수 없다. 우린 감독이 아니니까. 클라이언트만 허락한다면 이 정도는 번역가의 재량이기도 하고.

번역가마다 대사의 뉘앙스 냄새를 어떻게 맡고 표현하는지 보여주는 제법 흥미로운 예다. 영화에서 대사란 결국 사람과 사람 간의 대화다. 그러니 실제 대화에서 타인의 말을 사람마다 다르게 받아들이듯, 번역가마다 서로 다른 뉘앙스를 살린 다양한 번역이 나오는 것이다. 어쩌면 영화 번역가는 대사의 전달자가 아니라 대사에서 풍기는 뉘앙스의 냄새를 판별해서 전달하는 사람인지도 모르겠다.

3부

1500가지 뉘앙스의 틈에서

윤여정,
할리우드를 '존경하지 않는다' 밝혀

'톡이나 할까'라는 웹예능 프로그램을 촬영하던 날이었다. 촬영을 즐겁게 마치고 나와서 핸드폰을 확인해보니 부재중 전화와 문자가 열몇 개씩 와 있었고 인스타그램 메시지와 업무 이메일로 들어온 연락도 열댓 개는 됐다. 그리고 촬영 전 올린 내 인스타그램의 한 포스트엔 댓글이 1000개 넘게 달려 있었다. 이게 무슨 사달인가 싶어 덜컥 겁이 났다. 알고 보니 윤여정 배우의 수상 인터뷰 기사에 대해 썼던 글이 미디어에 퍼졌던 거였다.

윤여정 배우가 아카데미 여우조연상을 수상하자 한국에선 관련 기사가 쏟아졌다. 그중 하나가 수상 후 인터뷰 기사였는데 내 관심을 끈 기사는 헤드라인이 도발적이었다. "윤여정, 할리우드를 존경하지 않는다고 밝혀." 아카데미 수상 후 배우분이 인터뷰에서 했던 말을 번역한 기사였다. 거의 모든 언론에서 저 인터뷰를 다뤘고 대부분 저것과 유사한 헤드라인을 썼다. 나는 저 헤드라인을 보자마자 오역임을 직감했다. 번역가들은 직업병이 번역

감수라 그런지 문맥에 맞지 않는 번역문을 보면 대번에 알아차린다. 이번엔 원문을 보지 않아도 어떤 단어를 오역했는지 짐작이 가능했다.

admire
[타동사] ① 존경하다 ② 감탄하며 바라보다

아마도 저 'admire'를 직역해 'respect(존경하다)'처럼 옮겼을 거다. 실제 배우님의 답변이 어땠는지 외신을 뒤져봤다.

"내가 미국 작품을 맡으면 한국에선 내가 할리우드를 동경한다고 생각하지만, 그렇지 않아요. 나는 할리우드를 동경하는 게 아니에요."
(When some project comes from America, people in Korea think I admire Hollywood, No, I don't admire Hollywood.)

내 의심이 적중했다. 여기선 '존경'이 아니라 '동경'으로 옮겨야 문맥에 맞는다. 그뒤로 이어지는 문장들까지 보면 문맥은 더욱 분명해진다.

"꾸준히 (미국에) 오는 이유는, 여기에 와서 일하면 아들을
한 번이라도 더 볼 수 있기 때문이죠. 이건 진심에서 하는
말이에요."

할리우드를 동경해서 가는 게 아니라 당신 아들을 한 번이라
도 더 보고 싶어서 가신다는 말이었다. 어려운 문장은 아니지만
'동경'으로 옮길 것을 '존경'으로 옮기는 바람에 꽤 무례한 어감으
로 번역됐다.

이 내용을 인스타그램에 올렸다가 그 난리가 난 거다. 그 글
이 퍼진 후, 기사 제목들은 대부분 수정되고 이번엔 "황석희 번역
가, 윤여정 인터뷰 인용 기사 오역 지적" 같은 헤드라인으로 기사
가 한참 올라오기 시작했다. 세어보진 않았지만 못해도 스무 개는
넘었을 거다. 그 기사들과 각종 커뮤니티에 퍼진 글에도 댓글이
수백 개씩 붙었는데 거의 내가 캡처한 기사의 기자를 조롱하거나
창피해하는 댓글이었다. 일이 커질 줄도 모르고 별생각 없이 캡처
한 이미지에 기자 이름까지 고스란히 노출됐던 거다.

일이 커지자마자 글을 내리고 새로 하나 다시 썼다. 오역인 것
은 맞지만 국내 거의 모든 언론이 그런 헤드라인을 썼고, 내가 지
적한 기사가 최초 기사도 아니었고, 이런 오역은 있을 수 있다는

요지의 글이었다. 그게 사실이니까. 글의 말미엔 논란이 된 기사의 기자님께 제게 메일이라도 주십사 썼다. 곤혹스러우셨을 텐데 달달한 거라도 선물해드리겠다고. 재밌게도 그날 늦게 정말 메일이 왔다. 메일은 유쾌하게 보내셨지만 글을 보니 모르긴 몰라도 직장에서 아주 곤란한 상황을 맞으셨던 모양이다. 용서해주십사 달디단 디저트와 커피를 보내드렸다. 미련한 번역가 덕에 긴 하루를 보내신 기자님께 심심한 위로를.

'admire'와 더불어 그 인터뷰에서 논란이 됐던 표현이 또 있다. 이번엔 오역이 아니라 인터뷰 질문 자체가 인종차별이라는 논란이었다. 윤여정 배우가 수상식에서 브래드 피트를 만나고 나오자 인터뷰어가 이런 질문을 건넸다.

"브래드 피트는 어떤 냄새가 나던가요?"
(What did he smell like?)

윤여정 배우는 위트 있게 답했다.

"냄새를 맡진 않았어요. 난 개가 아니니까."

(I didn't smell him, I'm not dog.)

　한국에서 보기엔 생뚱맞은 질문이라 그럴까, 언론과 인터넷 커뮤니티에서는 아시아인을 향한 인종차별적 질문이라는 성토 글이 올라오기 시작했다. 사람에게 대뜸 어떤 냄새를 맡았냐고 물었으니 모욕적인 질문이라고 생각할 수도 있겠지만 딱히 용례가 그렇진 않다. 보통은 유명인을 만나고 온 사람에게 장난스레 묻는 질문이다.

　"그 사람 어땠어?" "진짜 머리 작아?" "피부 뽀얗던?" 이런 식의 질문인데, '어떤 냄새가 나더냐'의 답으로는 보통 좋은 반응으로 대답하는 게 일반적이다. "사과향이 났다" "레몬향이 났다" "와인향이 났다" 등등. 그리고 이런 질문엔 물리적인 냄새를 말하는 것보다 추상적인 분위기를 뜻하는 답이 재치 있다는 소릴 듣는다. "돈 냄새가 나던데" "신사 냄새가 나던데" "아련한 냄새 (smell like old days)가 나던데"처럼.

　보통은 어색한 분위기를 깨는 질문, 즉 '아이스 브레이커(ice breaker)'로 잘 쓰여서 대단히 무례한 질문이라고 할 순 없다만 질문을 건넬 때와 장소를 못 가렸다고 봐야 할 것 같다. 윤여정 배우가 방금 브래드 피트 팬미팅에 다녀오는 길에 마주친 소녀 팬도 아니고 자그마치 오스카 수상자 아닌가. 작품이나 수상이나 연기에 대한 질문이 주가 되어야 했다.

이에 대한 윤여정 배우의 답변은 말 자체로도 재밌는데, 불쾌하지 않게 무심히 던지는 억양 덕분에 "넌 애가 왜 쓸데없는 걸 물어보고 그러니?"를 우회적으로 말하는 듯한 위트로도 들린다. 물론 일부에서 말하는 것처럼 인종차별적인 질문에 대한 모욕감 표출 같은 건 아니다. 그저 시원시원하게 하실 말씀 하신 거지.

영화를 비롯한 우리나라 콘텐츠들이 활발히 세계로 뻗어나가는 덕분에 외신과의 인터뷰가 국내로 번역되어 들어올 때 종종 이렇게 없어도 될 논란거리들이 생기기 시작했다. 우리말로 해도 의도대로 전달되지 않을 때가 있는 인터뷰가 외국어로 이루어지니, 의도와 진의 사이의 간극이 더욱 쉽게 벌어지는 거다.

해외 인터뷰를 번역하여 국내에 배포하는 경우는 앞으로 계속 늘어날 테니, 기사를 옮기는 과정과 받아들이는 과정 양쪽 모두에서 좀더 타인의 언어를 넓은 시각으로 읽으려는 노력이 필요하다. 우선 당장 나는 윤여정 배우의 인터뷰를 보며 그저 '아… 집에 와서 이불 킥 같은 거 안 하게, 나도 진짜 말 잘하고 싶다'고 생각할 뿐이지만.

그 누구의 잘못도 아닐 때

이틀 새 세번째 단수다. 수도 설비 어딘가가 고장나서 수리중이라는데 하필 물을 꼭 써야 하는 아침과 저녁밥 때 몇 시간씩 물이 안나온다. 우리처럼 아이가 있는 집은 더 난감하다. 응가를 해도 엉덩이를 깨끗하게 닦아줄 수가 없고 당장 목이 마르다 보채도 정수기에서 물이 안 나온다.

급히 집 앞 편의점에 내려갔지만 이미 생수가 동났다. 세수는 커녕 변기도 못 쓰고 아주 엉망진창이다. 결국 큰 마트까지 가서 생수를 잔뜩 사왔다. 한두 번은 그러려니 참는데 오늘 아침에 세번째 단수 방송이 나오니까 머리에 열이 확 오르는 기분. 관리사무소에 전화라도 해야겠다 싶어 전화기를 찾는데 아내가 말린다. 이게 관리사무소 직원들 잘못도 아니고 지금 정신없이 불려와 진땀 흘리면서 고치고 있을 사람들 생각하면 안쓰럽다고. 생각해보니까 그렇다. 그분들 잘못은 아니지.

전에 뮤지컬 번역 작업을 처음 시작하면서 팀 작업이 낯설어

김성수 음악감독님에게 조언을 구한 적이 있다. 자막 작업처럼 혼자 하는 일만 하다가 여럿이서 일을 하려니 걱정도 되고 감이 안 와서, 팀으로 일하는 건 어떤 분위기냐고 물었다. 감독님은 여럿이 일하면 역시 책임 소재를 두고 감정이 상하는 일이 많다고 했다. 문제가 생기면 어떻게든 책임이 있는 개인을 특정하게 된다고. 그런데 이어지는 말이 재밌었다.

"일하다보면 누구의 잘못도 아닐 때가 있어요."

책임 소재를 따져야 할 때마다 서로 기분 상하는 일도 많고 에너지 낭비가 큰데, 유심히 살펴보면 굳이 누군가가 잘못하지 않아도 그냥 일이 잘못되는 경우가 있다고. 그러니 책임을 미루고 싸울 게 아니라 그걸 다 같이 인정해야 한다고 했다.

그런 생각을 해본 적이 없다. 문제가 발생하면 반드시 누군가에게 책임이 있다고만 생각했지. 사실 책임 소재를 가리는 게 편하긴 하다. 사소한 책임까지 당사자를 특정하는 게 중구난방 서로에게 날리던 비난의 화살을 집중하기도 좋고 일을 수습하기도 편리하니까. 매정하게 들려도 화살이 사방으로 날아다닐 땐 과녁을 하나 만들어주는 게 총체적인 피해를 줄이는 법이다.

그런데 정말로, 정말로 그 누구의 책임도 아닌 일이 벌어지기도 한다. 아파트 단수의 원인이 정확히 뭔지는 모르겠다. 설비 정기 점검도 이상 없었고 장비가 노후한 것도 아니다. 누가 부순 것은 더더욱 아니고. 그냥 그렇게 벌어진 일이다. 그런데 그분들 잘못이 없는 걸 알면서 나는 왜 관리사무소에 전화를 하고 싶었을까. 그저 화풀이할 대상이 필요했던 것 같다. 화가 났으니 책임이 있을 것 같은 누군가에게 한마디라도 해야 직성이 풀리겠다고 생각한 거지.

전화해서 한마디해봐야 문제 수습에 하등 도움이 될 리가 없는데 왜 전화를 하려고 했을까. 아무런 가치도, 기능도 없는 단순한 화풀이다. 못났다. 정말로 그 누구의 잘못도 아닐 때가 있다. 화풀이가 필요하면 게임이나 한판 하는 게 정신 건강에 좋다.

단수는 곧 고쳐질 텐데. 그 덕에 외식하고 놀다 오지, 뭐.

취존이 어렵나?

몇 년 전 지인의 페이스북 댓글에서 날 지칭하는 것 같은 글을 봤다. 블레이드 러너 2049가 졸작이라는 뉘앙스의 글에 어느 영화 평론가가 단 댓글이었다.

"저런 영화를 인생 톱3에 넣은 애가 있다던데 누구니."

저 작품이 개봉하기 전, 내가 SNS에 썼던 글이 소소하게 퍼진 적이 있다. "나한테는 인생 톱3 안에 들어가는 영화다"라는 글이었다. 그 생각은 지금도 마찬가지다. 지금이야 블레이드 러너 2049라고 하면 명작 소릴 듣지만 그때만 해도 그 작품의 입지가 지금만 하지 못했고 거품이라는 평도 많았다. 그 덕에 번역가가 오버하네, 홍보하네 별의별 말이 많았다. 당연히 영화평이 많이 올라오는 모 커뮤니티에도 내 평이 자주 언급됐고 당시 명작이다, 졸작이다 반응이 갈렸다. 저 댓글을 쓴 평론가도 그 사이트에서 자주 활동하는 사람이었다.

저런 댓글을 보면 기분이 유쾌할 리 없다. 그래도 지인의 지인이니, 게다가 같은 업계인이라 이름도 알고 있었고, 불쾌한 기색을 드러내긴 싫어서 짓궂게 농을 걸었다.

"uh oh… 전데요. 저는 아주 좋게 봤어요."

조금이라도 뻘쭘해하는 모습을 보인다면 깔깔 웃고 조만간 술이나 한잔 하시자고 조를 생각이었다. 원래 이런 일에 뒤끝이 없는 편이다. 풀고 나면 가끔 술자리에서 놀려먹거나 하겠지. 그런데 반응은 너무 예상외였다. 그는 대뜸 왜 사적인 대화에 끼어드냐고 성을 내기 시작했다. 누군데 이러는 거냐, 혹시 내가 님을 모르는 게 실례가 되는 거냐, 설령 님을 지칭했다 해서 일일이 죄송하다 사과해야 하냐 등등. 당황스러웠다. 둘의 카톡 대화를 훔쳐본 것도 아니고 공개된 대화창에 언급이 있길래 댓글 한 줄을 쓴 것뿐인데, 그 한 줄에서 그는 얼마나 많은 맥락을 읽은 걸까. 마치 언젠가 나와 시비라도 걸리면 해줄 말을 쌓아두고 있던 사람처럼 마구 쏘아대기 시작했다. 갑자기 피로감이 몰려왔다. 나이 지긋하신 분의 급발진에 맞대고 싸우기도 뭐하고 간략한 입장만 쓰고 대화를 그만뒀다.

간혹 이런 유형의 영화평을 본다. 타인의 영화평이 마음에 안 든다는 영화평. 내가 그 작품을 좋게 봤으면 그것으로 된 거고, 그 작품을 좋지 않게 봤다면 그것으로 된 거다. 남이 호평을 하든 혹평을 하든 상관없는 일이다. 하지만 저때의 댓글처럼 단편적인 멘트가 아니라 아예 긴 영화평을 그런 결로 쓰는 사람도 있다. 이런 글에 가장 불필요한 것은 '왜 이런 걸 재미없다고 하는지 모르겠다'라는 예광탄을 기점으로 발사되는 자기애적이고 현학적인 해설이다. '왜 이런 걸 재밌다고 하는지 모르겠다'로 시작되는 반대 입장의 글도 마찬가지다.

어떤 영화를 좋게, 혹은 좋지 않게 봤다면 내게 어떤 면이 좋았고 좋지 않았는지, 어떤 감상이 있었는지를 쓰면 된다. 남의 감상을 끌어와서 평가하는 건 영화평이 아니라 '타인의 영화평에 대한 평'이다.

지인 중에 오로지 영화에만 집중해서 글을 쓰는 사람이 있다. 평론가나 영화계 인사는 아니라서 영화에 관해 무겁거나 깊은 글을 쓰진 않지만 올리는 평들이 흥미로워 종종 글을 찾아 읽는다. 이 사람은 강박적이라고 할 정도로 남의 평에 관심이 없다. 남이 망작이라고 하든, 명작이라고 하든 세간의 평을 아예 본 적도 없는 사람인 양 오로지 나에게 그 영화가 어땠는지만 풀어낸다. 이런 글엔 그 영화에 대한 개인적인 평가가 전혀 다르더라도 대화를 이어가기가 편하다. 내 평이 어떻든 불쾌하게(또는 공격적으로) 받아들이지 않을 것 같거든.

젊은 인터넷 커뮤니티에서 자주 쓰는 속어 중에 '취존'이라는 말이 있다. '취향 존중'의 약어다. 누군가 영화든 노래든 뭐든 자신의 취향을 드러낸 글에는 그 취향을 비판하는 댓글을 달면 안 된다는 암묵적인 룰이 있는 거다. '취좆'이라는 취존의 반대말도 있다. (갑자기 표현이 경박해지니 양해를.) '취향 좆 까'의 약어다. 댓글이나 게시글로 다른 이의 취향을 비판하는 행위를 말한다. 저 취존과 취좆은 요새 젊은 인터넷 커뮤니티 분위기의 가장 큰 흐름이기도 하다. '무언가가 좋다'고 쓴 글에는 댓글도 비슷한 결로 써야 하고, 이견이 있다면 아예 다른 글을 따로 쓰는 것이 예의다. 여기서도 의견이 달랐던 이전 글을 저격, 공격하거나 매도하려는 시도를 해선 안 된다. 그저 말하고자 하는 대상에 관한 본인의 의견만 적는다. 아주 막장인 커뮤니티들을 제외하고는 보통 잘 지켜지는 편이며, 저 암묵적인 룰을 어긴 이에겐 집단적인 융단폭격이 가해진다. 심한 경우 운영진이 '강퇴' 조치를 하는 일도 있다.

하물며 인터넷 커뮤니티도 이런데 영화평이 '취좆'이라면 그 표현만큼 경박하지 않을까. 매 작품마다 영화적 가치의 우열을 두고 치열하게 논쟁하고 싶은 생각이 아니라면, 그저 타인의 평은 타인의 평으로 남겨두고 영화만을 이야기하는 게 좋다. 남이야 인생 톱3에 넣든 톱1에 놓든 사실 상관없지 않나. 그게 어려운가?

응큼한 번역

직역과 의역을 두고 이야기하다보면 자연스럽게 옮긴 번역을 의역이라고 부르는 경우를 많이 본다. 그런데 사실 직역도 충분히 자연스러울 수 있다. 자주 드는 예로 킬러의 보디가드 2: 킬러의 와이프에 이런 문장이 있다.

> "소니아한테 입만 뻥긋해봐. 아주 참신하게 조져줄 테니까."
> (You say one word to Sonia about this. I'll invent new ways to kill your ass.)

보통은 의역이라고 생각하는 이 문장도 직역에 가깝다. 흔히 원문과 번역문의 주어, 술어가 일대일로 상응해야 직역이라고 생각하지만 나는 문장 구성요소의 의미를 희생하지 않고 온전히 같은 의미로 옮길 수 있다면, 심지어 뉘앙스만 동일하게 옮길 수 있더라도 그 역시 직역이라고 생각하는 쪽이다. 이 문장에선 'invent(발명하다, 개발하다)'라는 동사의 뉘앙스만 가져와 '참신하

게'라는 부사로 옮겼다. 반드시 동사를 동사로 번역해야 직역이
되는 것은 아니다.

　당연한 말이지만 역자는 가능하다면 최대한 원문의 의미를 번
역문에 담아야 한다. 그렇지만 그게 늘 가능한 것은 아니다. 내 경
우는 원문의 의미를 직역을 통해 효과적으로 전달할 방법을 찾
지 못할 때, 오히려 내 능력의 한계를 느낄 때 의역을 도모하는 편
이다.

루이스 웨인: 사랑을 그린 고양이 화가에는 이런 문장이 있다.

"I don't know why it is that I find it so very difficult, just
being here on this earth."

그대로 옮기자면 아래와 같다.

"그저 이 땅에 존재하는 게 왜 이리 힘든지 모르겠어."

당시 내 1차 번역본은 이러했는데 자막을 올리고 감상해보

니 감흥도 없고 무슨 뜻인지 전달도 잘 안 됐다. 특히 "그저 이 땅에 존재하는 게(just being here on this earth)"라는 부분이 퍽 어색했다. 문장이 구어처럼 자연스럽길 하나, 의미가 잘 들어오길 하나… 결국 다 뜯어고치기로 작정했다. 직역으로는 원하는 만큼의 효과적인 전달이 불가했다.

이럴 때 가장 먼저 하는 작업은 '그래서 이 문장이 정말로 말하고자 하는 게 무엇인가'를 파악하는 거다. 화자의 상황에서 "그저 이 땅에 존재하는 것"이 무슨 뜻인지부터 찬찬히 고민한다. 화자는 그저 이 땅에 존재하는 것이 "왜 이리" 힘든지 모르겠다고 말한다. 그렇다면 화자의 판단에 그저 이 땅에 존재하는 것은 원래는 '누가 봐도 힘들지 않은 일'이어야 한다는 뜻이다.

그저 이 땅에 존재하는 것, 일도 사랑도 그 어떤 것에도 얽이지 않고 그저 아메바처럼 존재만 하는 것. 원칙적으론 힘이 들지 않아야 한다. 에너지를 쏟지 않으니까. 그런데도 화자는 힘이 드는 거다. 그렇다면 아무런 에너지를 쏟지 않고 그저 존재만 하는 상태를 문장으로 어떻게 쓰면 좋을까. 한국어에 그런 표현은 뭐가 있는지 한참을 고민했다. 결국 만들어진 문장은 다음과 같다.

"숨만 쉬어도 살아지는 삶인데 왜 이리 힘든지 모르겠어."

　물론 "숨만 쉬어도 살아지는 삶"과 "그저 이 땅에 존재하는 것"의 간극은 꽤 크다. 다만 화자의 의중을 깊이 추론했을 때 치환할 수 있는 수준의 문장이라고 판단할 뿐이다. 이 문장을 좋은 번역의 예로 꺼내온 것은 아니다. 스스로 만족할 만한 직역문을 내놓지 못해 필사적으로 우회한 결과물에 불과하니까. 다만 때로는 의역이 직역보다도 더 우리에게 밀착된 번역이 되기도 한다.

　내게는 마냥 자연스러운 번역이 의역이 아니라 번역가들이 특정한 목적을 위해 쓰는 이런 식의 번역이 의역이다. 물론 그 목적이 마구잡이식의 자의식 전시가 될 때는 문제가 커지기도 하겠지만. 의역은 오역의 여지도 있고 월권의 경계를 아슬아슬하게 건드리기도 한다. 그런데 정작 번역의 재미와 묘미가 숨어 있는 지점은 이런 원문 해체와 재구성의 과정이다.

　응큼하게도 말이지.

결국에 가면 다 부질없으니까

갑작스러운 부고에 조문을 다녀왔다. 복싱 체육관에서 주먹 섞는 동생의 부친상이다. 2년이나 투병하셨다던데 이 친구가 전혀 티를 내지 않아 짐작도 못했다. 체육관에서도 거의 마스코트 수준으로 밝고 유쾌한 친구라 설마 암으로 투병중인 아버지가 계실 거라곤. 평소에도 여러모로 강한 친구인데 내 생각보다 훨씬 강한 사람이더라.

조문을 마치고 나오는데 미지근한 바람이 저멀리 있는 장마가 내뿜는 입김처럼 날아와 끈적하게 얼굴에 들러붙었다. 8년 전 이맘때 아버지 빈소 밖에서 맞던 바람과 비슷하다. 딱 이맘때였구나. 그때도 싱숭생숭한 바람을 맞으면서 참 많은 생각이 들었다. 모든 죽음은 산 자에게 여러 질문을 던진다. 그러나 산 자는 그중 하나도 제대로 답할 수 없다. 그저 삶과 죽음에 대해 깊이 생각할 기회를 준다는 게 죽음이 주는 유산이 아닐까.

해피 홀리데이라는 영화가 있다. 2015년 5월, 아버지가 돌아가시기 2주 전 개봉한 작품이다. 시한부 할아버지와 아주 어린 손주들의 마지막 장난을 소재로 한 코미디인데 할아버지가 해변가에 앉아 어린 손주들에게 이런 말을 한다.

"사실 지구에 사는 사람은 모두가 저마다의 방식으로 한심스러운 존재들이란다. 그러니 함부로 판단하거나 싸울 것 없다. 결국에 가면 다 부질없으니까. 이 모든 게 다 부질없단다."
(The truth is, every human being on this planet is ridiculous in their own way. So we shouldn't judge and we shouldn't fight because, in the end none of it matters. None of this stuff.)

결국엔 다 부질없다는 말, 끝에 가면 누구나 느끼겠지만 산 자들은 절대 공감할 수 없는 말이다. 그저 그때그때 죽음을 목도할 때마다 상기하려 애쓸 뿐이지.

갑자기 오늘 낮부터 인스타그램 계정에 또 한심스러운 DM들이 쏟아진다. 누군가들이 또 어딘가에서 오물을 쏟아내고 있다는 뜻이겠다. 그런 오물은 더러운 만큼 전염력도 커서 금세 온 사방에 악취를 퍼뜨린다. 1년에 한두 번쯤 겪는 일이라 예전엔 그냥 됐다. 일일이 대응하려면 너무 피곤하고, 오물을 일일이 냄새 맡아가며 감정해야 하는 게 괴로워서. 그런데 몇 년 전부터는 명예훼손이나 모욕죄만 전문으로 다루는 법률 대행사들이 잔뜩 생겨서 내가 품을 들일 일도 없어졌다. 의뢰하면 알아서 저 구석에 있는 댓글까지 다 검색해주고 죄가 성립할 것들만 추려 책 한 권 분량의 소장을 작성해온다. 나는 오물들을 읽을 필요도 없이 서명만 하면 된다. 내일까지도 이런 식이면 또 의뢰를 해야겠다 하던 차였는데 조문을 다녀와서는 모든 게 다 부질없이 느껴진다. 애초에 가치 없는 싸움, 싸워야 뭘 할 것이며 신경을 써야 뭘 할 것인지. 그치들은 그치들 나름의 방식으로 한심스러운 존재고 나는 내 나름의 방식으로 한심스러운 존재일 뿐인데. 내일 또 변덕이 끓을지는 모르겠지만 잠시나마 판단하지 않기로 한다. 결국에 가면 다 부질없다니까.

며칠 전 아내와 나는 지인에게 아이 교육에 관한 이야기를 듣다가 과부하가 걸리고 말았다. 우린 그저 아이를 놀게만 할 뿐이다. 아무것도 시키지 않고 좋아하는 그림 그리기와 책 읽기만 충분히 하도록 둔다. 그런데 아이 교육에 관한 이야기를 듣다보면 우리가 너무 무책임한 건지, 아이를 방치하는 건지 혼란스러울 때가 많다. 그래서 둘 다 머리가 어질어질하던 차에 내가 여차저차해서 조문을 다녀오겠다 했더니 아내가 한숨을 쉬며 그런 말을 한다. 사람이 당장 내일 어떻게 될지도 모르는데 애 조기교육이니 뭐니 호들갑을 떠는 게 뭐 그리 중요한가 싶은 생각이 든다고.

맞다, 아이가 행복하고 즐겁고 안전하면 됐지. 당장 중요한 게 아니면 다 부질없다. 지구에 사는 사람은 죄다 어딘가는 한심스러운 존재다. 당장 중요한 것엔 시선을 두지 않고 애먼 것들에 정신이 팔려 치고받는다.

당장 중요한 게 무엇인지 때때로 상기시켜주는 것, 그게 모든 죽음들이 남기는 유산이 아닌가 싶다.

번역가님도 오역이 있네요?

간혹 내 자막에서 오역을 발견했다며 놀라운 것을 발견한 것처럼 메시지를 주는 관객들이 있다. 혹은 이런저런 커뮤니티에서 '오역 없는 번역가' 같은 표현을 써주는 관객을 발견할 때도 있는데 이럴 때면 정말이지 굴을 파고 숨고 싶다. 이상하게 이미지에 거품이 잔뜩 쌓여서 그런지 저 사람은 오역을 하지 않을 거라 여기는 관객들이 많다. 그러나 영화를 보다가 내 오역을 발견했다면 결국 티가 난 것이고, 끝날 때까지 오역을 발견하지 못했다면 끝내 티가 나지 않은 것뿐이다. 오역은 반드시(거의) 있다. 관객들에겐 치사하게 들릴지 모르겠지만 번역가들 사이에선 오역을 티나지 않게 하는 것도 기술이라고 한다나 뭐라나.

오역은 번역가를 그림자처럼 따라다니는 존재다. 지금껏 내가 했던 오역을 한데 엮으면 세상에 이렇게 엉망진창인 번역가가 다 있나 싶을 거다. 그런데 원래 실수 모음집이라는 게 그렇다. 아무리 잘하는 투수라도 폭투 모음집을 만들어놓고 보면 가관이고, 아무리 잘하는 스트라이커라도 헛발질 모음집을 만들어놓고 보면 형편없는 선수가 된다. 그러니 그것만으로 평가받는다면 당사자에겐 다소 억울한 일이다.

아무리 창문 틈새를 다 틀어막아도 생기는 날파리처럼 오역은 자연 발생하는 생물인 것만 같다. 그래서라도 'A 번역가가 B 번역가보다 오역이 적으니 A 번역가의 실력이 더 낫다'라고 할 수 없다는 거다. 그런데도 번역가에 대한 글 중 종종 그런 글을 많이 본다. "누구는 오역 없는 번역가네, 오역 적은 번역가라 실력이 더 좋네." 우선 오역 없는 번역가라는 건 현실에 존재할 수 없는 환상종이니 생각할 것 없고, 오역 적은 번역가를 가릴 것도 없는 것이 프로 번역가라면 오역 생산율이 대부분 엇비슷하기 때문이다.

영화 번역가는 편당 보통 한 개에서 세 개 정도의 오역을 낸다. 어떤 영화 자막을 가져와도 나는 그 정도 비율로 오역을 찾아낼 자신이 있다. 간혹, 정말 간혹 오역이 없는 영화도 있긴 하지만 그건 극히 드문 만큼 운이 좋은 것이지 일반적인 예가 아니다. 100편 중 99편엔 오역이 있다고 생각하는 게 옳다. 하지만 오역이 편당 꾸준히 열 개 이상씩 나온다고 하면, 그건 당연히 번역가의 자질을 문제삼을 만하다. 일반적이라면 편당 세 개, 많아야 다섯 개 이내의 오역 생산에 그친다. 그렇다보니 오역을 한 개 낸 사람이 네 개 낸 사람보다 번역을 잘한다고 평가해봐야 의미가 없다. 애초에 오역 생산율이 너무 높아서 계속 트러블을 낼 정도면 이미 번역 비평의 대상이 아니다.

번역의 질을 가늠하는 것은 훨씬 미묘하고 복잡한 일이다. 게다가 영상 번역, 출판 번역, 기술 번역 등 분야별로 번역의 질을 평가하는 요소는 천차만별이다. 당장 영상 번역 분야에서 결과물을 두고 평가하자면 문장의 의미만이 아니라 조사와 어미를 구어답게 처리하는 방식, 자막과 자막 간의 연결 방식, 대사와 어순의 일치, 장면의 문맥과 뉘앙스 반영 등 생각해야 할 것이 너무나 많다. 그래서 '뜻이 틀리지 않았다'나 '오역이 적다' 같은 단순한 기준으로는 평가가 불가능하고 의미도 없다. 번역 비평에는 그런 피상적인 기준이 아니라 제법 깊고 복잡한 기준이 필요하다.

번역은 영어 시험이 아니다. 영화 자막 1500개를 일일이 채점해서 누가 많이 맞고 틀리냐의 싸움이 아니라는 뜻이다. 애초에 문항별로 정답, 오답이 분명한 분야가 아니니, 오역이 두세 개 나왔다고 해서 그 번역 전체의 가치가 없어지진 않는다. 극장에 매번 빨간 색연필과 채점표를 들고 들어가봐야 영화도 번역도 즐길 수 없다. 내 솔직한 심정으로는, 나도 손바닥 좀 그만 맞고 싶다.

영화 번역가가
드라마 주인공이 되다니

컴퓨터 앞에 앉아 일하는 직업군은 보통 웜업에 시간이 많이 걸린다. 컴퓨터를 켜고 할 일이 많기 때문이다. 메일과 일정 확인을 마친 뒤 비로소 웹브라우저를 띄우면 첫 화면에 뜨는 뉴스도 몇개 봐야 하고, 실시간 이슈로 올라온 이야깃거리도 몇 가지 봐야 한다. 그러다 샛길로 빠지면 뭔가를 쇼핑하기도 하고 정신을 차리면 유튜브 동영상을 보고 있을 때도 있다. 빠릿빠릿하게 정신을 차리고 작업부터 시작할 수 있는 사람은 그리 많지 않다.

여느 때와 다름없이 작업을 시작하기 전 이런저런 뉴스를 찾아보다가 런 온²⁰²⁰이라는 드라마 런칭 기사를 봤다. 요새는 TV도 인터넷에 뜬 클립이나 간간히 보지 본편을 보는 일이 드물어서 드라마에도 별 관심이 없다. 그런데 이 드라마를 소개하는 기사에는 무시하고 지나갈 수 없는 단어가 있었다. '영화 번역가'. 영화 번역가가 주인공인 드라마란다. 심지어 그 역을 맡은 주인공은 신세경 배우님. 영화 번역계에 이런 경사가 다 있나.

"'오미주'는 각기 다른 언어 사이에 다리를 놓는 일을 한다. 처음 갔던 극장에서 본 영화 때문에 자막이 없다면 몰랐을 외국말을 의식했고, 고마웠던 자막이 거슬리는 레벨에 오르자 주저 없이 번역가가 됐다."

소개 기사를 읽고 내 SNS에 글을 올렸다. "혹시 직업적인 조언이 필요하시면 언제든 말씀하시라. 추리닝과 믹스커피 얘기 말곤 할 게 없겠지만." 그런데 며칠 후 정말로 배우측에서 연락이 왔다. 배우님이 글을 봤다고 꼭 찾아뵙고 싶다 하셨다고. 아기가 있어서 외부인 방문을 최소한으로 하던 터라 이를 어째야 하나 싶었지만 신세경님 아닌가, 배우 신세경. 아내도 흔쾌히 허락해서 우리집에서 만나게 됐다. 내 작업실이 집에 있어서 작업 장비들은 어떤 구성인지, 어떤 프로그램을 쓰는지, 영화 번역가의 작업실은 어떻게 생겼는지 보여주려면 집에서 만나는 게 최선이었다.

감독, 조감독, 매니저와 함께 네 분이 오셨더라. 감사하게도 예쁜 아기옷까지 사오셨다. 아이에게 워낙 다정하게 해주시니 저 구석에 틀어박힌 얘기까지 다 끄집어 해드리고 싶었다(꿀팁, 부모의 호감을 얻는 데에는 아이에게 잘해주는 것 이상이 없다). 얘기를 시작하자 배우님은 아주 미안한 표정으로 영화 번역가가 주인공이

긴 하지만 번역가의 삶을 생생하게 다루는 드라마는 아니고, 짐작하시다시피 영화 번역가가 연애하는 이야기일 거라고 했다. 당연히 짐작했다. 그럼에도 조언을 구하러 와준 게 고마웠을 뿐이다.

그것까진 필요 없었을 텐데 어떻게 내가 영화 번역가가 됐는지까지도 물으셨다. 그래서 저 옛날 1.4 후퇴 피난길에 핸드폰으로 워드 띄워 번역하던 시절 얘기부터 다 꺼내고 있는데, 옆에 있던 아내가 궁금해하시는 것만 말씀드리라고 구박한다. 옛날 얘기가 나오다보니 신이 났나보다. 사실 아내도 베테랑 번역가고 여성 번역가라서 해줄 얘기가 나보다 훨씬 많았을 텐데 이럴 때는 유난히 부끄러움을 많이 탄다. 그러게 여보가 말하라니까요.

이내 손님들을 모시고 내 방으로 들어가 번역 작업이 어떻게 이루어지는지 실제로 보여드렸다. 의자 오른쪽엔 신세경 배우, 왼쪽엔 이재훈 감독이 앉아서 모니터를 쳐다보고 다른 분들은 뒤에서 방 사진을 찍는다. 우와, 부담스러워라. 이재훈 감독은 슬쩍 지나가는 영화 번역가의 일상이지만 어설프게 그리고 싶지 않다고 했다. 영화 번역가로서 참 감사한 말이다. TV에 정말 어설프게 나와서 환상만 잔뜩 심어놓으면 영화 번역가들은 그 장면들을 보면서 또 얼마나 코웃음을 칠까.

번역에 사용하는 프로그램을 시연하고 일상처럼 띄워놓는 번역 관련 사이트를 보여주고 내가 쓰는 장비들을 하나하나 설명했다. 재밌는 것은 그분들이 영화 번역가의 실제 작업 모습에 관심이 많았다는 거다. 작업할 때 고개는 어떤 식으로 움직이는지, 시선 처리는 어떤지, 손은 어떻게 움직이는지. 자막을 하나 써놓고 재생하며 확인하고 수정하는 과정에 필요한 일련의 행동들을 유심히 관찰했다. 그들이 이렇게 관찰한 것들은 훗날 드라마에서 놀랄 정도로 세밀하게 재현됐다.

드라마를 두 편쯤 봤을 땐가 주인공 오미주의 작업실이 등장하는데 화면에 낯익은 타이포 포스터가 있었다. 그 포스터엔 큰 글자로 이렇게 적혀 있다.

NOBODY'S PEREFCT

세상에, 내 책상 맞은편 벽에 걸려 있는 포스터(의도된 오타가 있는 포스터다)였다. 방 사진을 찍어가면서 저걸 쓰시겠다 했던 것 같기도 하고… 가물가물하다. 포스터도 신기했지만 마우스와 키보드도 내가 쓰는 장비 그대로였다. 흔한 장비도 아니고 나름 독특한 버티컬 마우스와 기계식 키보드인데 색상까지 똑같이 맞춰서 구비했더라. 모니터는 내 방처럼 두 대를 올려서 듀얼 모니터로 사용하고 있었고 한쪽 모니터엔 "urbandictionary.com"이나 번역가들의 카페처럼 참고용으로 말해준 사이트를 항시 띄워놓는다. 이것만이 아니라 내가 시연했던 실제 번역 프로그램에 자막을 쓰고 고민하고 수정하는 일련의 제스처가 너무 자연스러워서 정말 영화 번역가의 작업을 보는 기분이었다. 픽션에서 이렇게 성의 있는 영화 번역가 재현을 보게 될 줄이야. 어느 정도 분위기만 살리겠거니 하는 기우는 채 몇 컷을 보기도 전에 녹아버렸다.

이런 작업실 셋업은 물론이고 대사도 참 현실적이었다. 정말 프로 번역가들이 쓰는 말들이 많아서 작가가 얼마나 꼼꼼하게 취재하고 쓴 각본인지 알겠더라. 포장마차에 앉은 오미주는 영화 번역가라는 직업에 대해 이렇게 말한다.

"뭔가 부자 된 기분 들거든요. 내가 어떤 한 세계를 처음부터 끝까지 온전히 이해해서 세상에 알려주는 그 기분이⋯ 손에 뭔가 가득 쥐고 있는 기분? 내가 뭘 되게 많이 가지고 있는 사람이 된 것 같은 느낌이라 꼭 부자 된 기분이더라고요."

아무리 취재를 꼼꼼하게 했다고 해도 영화 번역가의 마음속까지 들여다본 건 아닐 텐데 다 읽혀버린 것 같은 민망함. 작가들은 정말 이런 면에선 상상력의 초인이다.

이 작품에서 영화 번역가가 화려하게 나오지 않아서 참 좋다. 미간을 찌푸린 채 시 구절을 고민하는 시인처럼, 카페에서 우아하게 커피를 마시며 손바닥만한 노트북으로 자막을 쓰는 모습으로 그리지 않아 다행이다. 그런 비현실적이고 어설픈 설정과 연기였다면 얼마나 실망스러웠을까. 뮤지션을 연기하는 배우가 악기를 연주하며 엉망진창으로 핸드싱크 하는 장면처럼 헛웃음 나오는 것도 없거든. 위플래쉬에서 실제로 드럼을 쳤던 마일즈 텔러 수준₂₀₁₄은 아니더라도 본 투 비 블루에서 에단 호크가 보여준 트럼펫 핸₂₀₁₅드싱크 정도의 성의는 있어야 한다. 그런 면에서 런온은 참 성의 있고 그 직업군에 대한 존중을 잘 보여준 작품이었다.

여담으로, 신세경 배우님은 한 인터뷰에서 황석희 번역가의 작업 공간을 참고했지만 오미주의 방이 훨씬 지저분하다고 했다. 사실 오시기 전에 한 시간을 정리하고 청소했습니다. 진짜 그 꼴로 방에 손님 들일 거냐고 아내한테 된통 혼났고요….

나는 태어나면
안 되는 사람이었을까

어린 미혼모 헬리가 여섯 살배기 딸 무니와 모텔을 전전하며 사는 이야기, 플로리다 프로젝트[2017]라는 영화가 있다. 헬리는 매일같이 일자리를 찾아나서지만 뜻대로 되지 않고 결국 매춘으로 딸을 부양하기에 이른다(플롯은 어두워 보이지만 사실 밝디밝은 무니에 대한 이야기다). 언젠가 이 영화평 중에 "가난한데 애를 낳는 것 자체가 죄"라는 댓글들을 봤다. 정신이 아득했다. 그러다 얼마 전 인터넷에서 화제가 됐던 글이 떠올랐다. 가난한 집에서 아이 낳는 것을 죄악시하는 글이었고 압도적으로 많은 사람이 동의하는 댓글을 달고 있었다. 가난한 집에서 태어나 자란 입장에선 많은 생각이 들더라. 현실적으로 틀린 말이라고 할 순 없다. 형편이 어려운 집에서 계획도 없이 아이를 낳으면 그 아이는 결핍 속에 살 수밖에 없으니까. 그런데 그 결핍이 다른 것으로 채워지는 경우도 있다.

내가 초등학교 때 가장 갖고 싶었던 건 '과학상자'였다. 과학상자를 가진 아이는 전교에 몇 명 없었고, 그 아이들은 그걸 갖고 있다는 사실 하나로 과학상자 경진대회 준비반에 들어가 선생님의 관리를 받으며 대회에 나갔고 실력이 따르는 아이는 곧잘 상을 타오곤 했다. 어린 시절 내 눈엔 그 과학상자가 빈부를 가르는 잣대 같은 것이었다. 중학교쯤 가서는 과학상자를 가진 아이의 수가 더 늘었지만 여전히 과학상자가 내 손에 들어오는 일은 없었다. 그때도 과학상자는 집안 형편이 되는 아이들의 전유물이었다. "나도 과학상자가 있었지만 우리집도 가난했어"라고 하는 사람은 나와 가난의 기준이 많이 다른 거다.

그렇다고 집에다 과학상자를 사달라고 조르진 못했다. 먹을 것도 부족한 집에서 자란 아이는 또래보다 현실적인 셈을 빨리 배운다. 과학상자를 살 돈이면 연탄을 몇 장 살 수 있는지, 갈 때마다 눈치를 주는 구멍가게의 외상을 얼마 정도 갚을 수 있는지, 어머니의 파출부 월급으로 혹은 아버지의 막노동 품삯으로 저런 걸 사도 되는지 따위의 것들을 먼저 생각한다. '빼앗긴 가난'이라는 말이 유행할 정도로 너나 나나 가난했던 시절을 꺼내어 가난의 정도를 겨루는 희한한 시대라지만, 오히려 정말 가난하게 자란 사람은 가난을 이야기하는 일이 그리 많지 않다. 죽을 만큼 괴로웠던 건 아니지만 그렇다고 썩 즐거웠던 일도 아니니까. 저 글에 달린 수많은 댓글의 주인들은 어떤 가난을 겪어본 것인지 궁금하다. 무엇이든 경험해야만 말할 수 있는 것은 아니지만, 자신이 겪어보지 않은 삶에 대해 단언하는 것은 언제나 위험하고 경솔하고 무례한 일이다.

　내가 한 치의 의심도 없이 말할 수 있는 몇 가지 중 하나는, 나는 어머니에게 최선의 것을 받으며 자랐다는 것이다. 세상의 눈으로 봤을 때 최고의 것은 아닐지언정 당신이 줄 수 있는 최선의 것을 받으며 자랐다. 그 최선은 최고 못지않은 것이며 어떤 면에선 최고를 능가하는 값진 것이다.

　열 살쯤 됐을까, 태어나 처음으로 삼계탕이란 걸 먹었는데 인삼이란 걸 본 것도 그때가 처음이었다. 나와 동생은 처음 먹는 인삼맛을 견디지 못했고 옆에서 닭고기 살을 발라주던 어머니 바지에 닭고기와 인삼을 모조리 게워냈다. 어머니는 당혹스러운 표정으로 우리가 게워낸 것들을 밥공기에 모아 수돗가로 가져갔고, 자식들이 씹지도 못하고 삼켰다 게워낸 인삼 뿌리들을 깨끗이 씻어 다시 가져오셨다. 그것들을 힘들게 다시 먹이려 애쓰는 어머니의 먹먹한 표정을 부모가 된 지금은 훨씬 더 선명하게 이해한다. 당신이 준 것은 분명 최선의 것이었지만 외견 이렇게 늘 초라했고 한편으론 촌스럽고 구질구질했다. 자식 눈에도 그랬으니 남들 눈엔 어떠했을지. 하지만 그 기억은 구질구질하지 않고 늘 고마움의 상징처럼 남아 있다. 당신은 분명 당신 최선의 것을 주었다.

오늘은 딸아이를 씻기는데 이 녀석이 욕조에 선 채 놀다가 방귀를 뀌고는 한참을 깔깔대고 웃었다. 나도 한참을 같이 웃었다. 태어나길 잘했다 싶을 정도로 사람을 행복하게 하는 웃음이다. 이런 웃음을 들을 수 있는 기회에 감사했다. 그 기회를 준, 날 태어나게 해준 부모님에게 감사했다.

그들의 말이 맞다. 가난한 집에서 태어난 아이는 늘 결핍 속에서 자란다. 결핍을 사랑으로 벌충한다는 게 너무 낭만적이고 순진한 발상인 것도 안다. 하지만 부모 자격에 돈이라는 것이 절대적인 요건은 아니다. 개차반이지만 부자인 부모도 있고 훌륭하지만 가난한 부모도 있는 법이다. 지금의 재력을 평생 유지할 것이라는 확신이 있어야 아이를 낳는 건가? 살다보면 큰 위기를 겪어 가세가 심하게 기울기도 하고 반대로 어려운 형편이 한결 좋아지기도 하잖아. 그럼 그때 가서 지나버린 선택은 소급이 되는 건가?

대책 없이 무턱대고 귀엽다며 반려동물을 집에 들이는 사람들, 똑같은 결로 아이를 갖는 무책임한 부모를 두둔하자는 게 아니다. 비난받아 마땅한 사람들도 있겠지만 그 비난의 근거는 가난이 아니라 무책임이어야 한다는 거다. 돈으로 부모의 자격을 논하는 건 너무 부끄럽지 않나. 부모의 자격 중 가장 중요한 건 '최선의 것을 주는 부모인가'일 거다. 그 최선이 초라할 순 있어도 값진 것이란 걸 나는 경험으로 안다. 어려운 형편에 자식에게 최선의 것을 주려 애쓰면서도 늘 미안한 부모들은 저 글과 댓글들이 얼마나 아팠을까.

저 글에 의하면 그들은 아이를 낳으면 안 되는 사람들이다. 그럼 그들의 전부인 그 아이는 세상에 없어야 할 아이다. 그 논리로는 나도 애초에 세상에 없어야 할 사람이다.

어머니는 내가 늘 비쩍 말라 있는 게, 어릴 때 잘 못 먹어 체질이 그리되었다며 자식이 서른이 넘도록 그렇게 미안하다고 지난 날을 자책하셨다. 지금이야 결혼도 하고 마흔이 넘는 나이로 턱살과 뱃살이 뒤룩뒤룩 붙으면서 어머니의 체질 타령은 기우였다는 게 밝혀졌지만.
당신은 분명 당신 최선의 것으로 날 채우셨다. 그 최선은 최고보다 훨씬 값진 것이었음을 나는 안다.

영원불멸한 자막의 전설

데드풀의 번역 이야기가 방송을 타는 바람에 이젠 번역이 궁금해서라도 영화를 보고 싶다는 분들을 봤다. 미리 용서를 구하지만 생각보다 센세이셔널하지도, 탁월하지도, 트렌디하지도 않을 것이며 오히려 촌스럽고 오글대는 후진 자막이 잔뜩 보일 거다. 벌써 7년 전 자막이니 지금 관객의 눈높이에 맞추기엔 아무래도 무리다. 슬쩍 몇 분을 띄엄띄엄 돌려보니 손보고 싶은 자막이 너무 많고 요즘 코드로 훨씬 재밌게 고칠 수 있는 부분도 많이 보인다.

얼마 전 어떤 번역가에게 메시지가 왔다. 자막 내 유행어 사용의 기준이 궁금하다는 거였다. 마침 쓰고 싶던 주제였는데 잘됐다. 여러 인터뷰에서 밝히기도 했고 번역 강연을 가면 늘 하는 소리지만 나는 온라인상에서 흥하는 거의 모든 밈(Meme, 이미지나 텍스트, 영상 등 매체를 아우르는 디지털 유행 코드)을 수집한다. 방송 유행어든, 인터넷 B급 유머든, 해외 밈이든 상관없이 나름대로 알려진 밈은 거의 다 파악하려고 한다. 대중 영화를 번역하는 번역가에겐 꼭 필요한 작업이라고 생각해서 그렇다. 여기까지 말하면 자막에 유행어가 들어가는 건 '극혐'이라며 고개를 절레절레 젓는 사람이 많다. 일단 고개를 젓기 전에 마음을 조금 더 관대하게 갖고 이 약 파는 번역가의 이야기를 들어보자.

간혹 영구적인 수명을 가진 번역이 존재하는 것처럼 말하는 사람들도 있다. 번역에 유행어만 쓰지 않으면 10년, 50년 후에 보더라도 어색하지 않을 거라고. 완전히 틀린 말은 아니지만 그렇다고 완전히 맞는 말도 아니다. 엄밀히 따지면 번역엔 수명이 존재한다. 심지어 고전을 다루는 출판 번역 시장에서도 주기적으로 시대에 맞춰 재번역을 하자는 움직임이 있다. 세계문학전집 같은 것들은 재번역 붐이 있을 정도니까.

영화도 마찬가지로 유행어를 쓰든, 쓰지 않든 단 5년만 지나도 자막이 촌스럽게 느껴진다. 일례로 10년 전 자막만 해도 부부간 존대 설정은 거의 남편의 일방적인 하대였다. 그리고 90년대 자막엔 아널드 슈워제네거의 팔을 가리켜 "울산바위 같은 팔뚝"이라거나 부자가 된 포레스트 검프를 가리켜 "정주영처럼 돈이 많았다"고 표현하는 한국식 자막이 흔했다. 지금 관객들에겐 용납이 안 되는 자막들이다. 이렇게 유행어만 쓰지 않는다고 자막이 영구적인 수명을 갖는 게 아니다. 그러니 재출판하는 세계문학전

집과 마찬가지로 영화도 재개봉을 한다면 시대에 맞게 재번역하는 것이 이상적이다. 여건상 그렇게 하지 않는 일이 더 많아 아쉬울 뿐이지. 번역엔 시대성이 반드시 필요하고 소비자에게도 그편이 유익하다.

그렇다고 자막의 수명이 영구적이지 않으니 유행어를 남발해도 된다는 말은 아니다. 못해도 5년은 숨이 붙어 있게 해야 한다. 5년 정도를 어색함 없이 보게 하려면 짧게는 몇 개월, 길어봐야 수명이 1년밖에 안 되는 유행어를 사용할 순 없다. 가령 '킹받네' '무야호' '어쩔티비' 같은 걸 자막에 쓸 순 없다는 거다. 자막에는 한정적일지언정 약간의 영구성도 필요하다. 그럼 시대성도 필요하다 하고 영구성도 필요하다 하고, 그래서 결론은 자막에 유행어를 쓰라는 거냐 말라는 거냐. 대립 요소로 보이는 이 둘을 적절히 타협하는 방법도 있다. 궤변 같지만 관객들에게 밈으로도, 밈이 아닌 것으로도 받아들여지게 번역하면 된다.

유명한 밈 중에 이말년 작가의 "이렇게 된 이상, 청와대로 간다"라는 대사가 있다. 만약 영화에서 "이제 방법이 없다. 뉴욕으로 가야 한다(we don't have any choice, gotta go to New York)"와 비슷한 대사가 나온다면 충분히 적용 가능하다. "이렇게 된 이상, 뉴욕으로 간다"처럼. 물론 코미디 영화에서 시도해야지 진중한 장면에서 시도 때도 없이 사용할 순 없다.

이런 자막이 나온다면 이말년 작가의 밈을 아는 관객은 대번에 밈을 적용한 자막이라고 알아차릴 것이고, 그 밈을 모르는 관객은 그저 원문을 적절히 잘 번역한 의역이라고 생각할 거다. 이러면 시대성을 갖춘 트렌디한 자막인 동시에 어느 정도의 영구성을 갖춘 자막이 되기도 한다. 비슷한 예로 "but it's really happening"이란 대사는 장면만 잘 맞는다면 "그런데 그것이 실제로 일어났습니다"라고 쓸 수도 있다. 이것도 아는 사람은 잘 아는 밈이고 모르는 사람이 보면 그저 원문을 그대로 번역한 문장일 뿐이다.

내가 밈을 수집하는 것은 이렇게 사용할 수 있는 것들을 찾기 위함이다. 밈도 평소에 알고 있어야 기회가 있을 때 적소에 사용할 수 있다. 위에 쓴 킹받네, 어쩔티비처럼 오로지 밈으로만 기능하는 것은 쓰지 않는 게 좋겠지만 이것도 문맥이 완벽히 맞는다면―유행어를 남발하는 철부지 십대 캐릭터가 나온다거나―쓸 수 있다. 그럴 경우 희생된 자막의 영구성은 훗날 재번역 때 업데이트되길 바라야지, 당장의 문맥을 훼손해가면서까지 시대성을 포기할 필요는 없다. 10년 전에도, 지금도, 10년 후에도 비슷하게 받아들여질 자막이라는 건 다른 말로 뻔하고 심심한 자막이란 얘기가 아닐까.

생각의 속도

언제부터인가 갈수록 말이 마음처럼 나오지 않는다. 분명 아는 단어인데 입 밖으로 내려면 떠오르지 않아서 단어와 단어 사이의 공백이 길어진다거나 머릿속에서 한꺼번에 두어 개의 단어, 혹은 여러 개의 조사와 어미들이 뒤엉켜 결국은 섞인 채로 발음한다거나 하는 증상을 겪고 있다. 마음만 먹으면 몇 시간이고 단어 한번 더듬지 않고 떠들어대던 사람이기도 하고, 나름 말을 논리정연하게 하는 편이라 생각하고 있었기에 이런 모습이 너무 낯설었다. 낯설기만 하면 다행인데 머릿속 언어 채널의 톱니바퀴가 미묘하게 조금씩 어긋난다는 게 낯섦을 넘어 두려움으로 변하기 시작했다.

'혹시 알츠하이머의 전조는 아닐까?' '대화도 없이 미디어만 소비하다보니 언어 능력이 퇴화한 걸까?' '나도 모르는 새 자신감의 영역에 뭔가 문제가 생긴 건 아닐까?' '말하는 능력에는 한도가 존재하는데 그것도 모르고 일찍 다 써버린 건 아닐까?'

온갖 생각이 다 들기 시작했다. 갑자기 자각한 증상은 아니고 몇 년 새 조금씩 느끼던 것이라 겁이 덜컥 나진 않았지만 마음속 불안이 꺼지질 않았다.

요즘 들어 내가 말을 가장 많이 하는 시간은 GV를 진행할 때다. 옆에 앉은 사회자와 함께 40여 분을 말하고 나머지 20분 정도는 관객과 대화해야 한다. 이때 말을 하다 말고 말문이 막히거나 단어와 단어 사이에 공백이 길어지면 식은땀이 흐른다. 몇 년 전만 해도 없던 증상이다. 전에는 GV가 한 시간이든 두 시간이든 상관없이 원하는 만큼의 말을 비교적 능숙하게 할 수 있었다.

상황이 이렇다보니 말보다 글이 편하기까지 했다. 글을 쓸 땐 몇 번이고 고칠 수 있고 단어와 단어 사이에 원하는 만큼의 여유를 가질 수 있어서 마음이 한결 편하다. 아무도 채근하는 사람이 없으니까(사실 혼자 느끼는 중압감이지만).

대화가 길었던 날이면 어김없이 불안감이 들어서 작년 초엔 아예 이 증상의 원인과 해결책을 진지하게 생각해보기로 했다. 일단 병증은 아니다. 병증으로 보기엔 진행이 너무 완만하게 느리고 심각하지 않다. 그렇다고 말을 많이 하지 않아 이런 증상이 온다고 보는 것도 무리가 있다. 외출이 잦지 않을 뿐이지 집에서 아내와 대화를 많이 하니까. 이런저런 이유를 며칠에 걸쳐 고민하다 내린 결론은 생각보다 너무 단순했다. 그저 나이가 들어서.

사실 지금은 이삼십대 시절만큼 생각의 속도가 빠르지 않다. 그런데도 나는 생각의 속도가 변하고 있다는 걸 간과하고, 말하던 속도를 전과 같이 유지하며 살아왔다. 생각의 속도가 말의 속도를 따라잡지 못해서 병목현상이 일어나는 거였다. 생각의 속도가 느려졌다는 건 생각만으로도 기운 빠지는 일이었지만 그걸 인정하기까지는 그리 오래 걸리지 않았다. 어쨌건 나이듦은 자연스러운 것이니까. 그런데 나이듦을 인정한다고 해도 말을 더듬거나 논리정연하게 정리하지 못하는 것은 싫다. 뭔가 보완책이 필요했다. 고민이 길었던 보람도 없이 해결책은 멀리 있지 않았다. 말의 속도를 생각의 속도에 맞추는 거다.

컴퓨터를 조립하려고 부품을 쇼핑할 때 중요하게 고려하는 것 중 하나는 병목 현상이다. CPU와 메인보드 칩셋, 램의 성능이 맞지 않으면 아무리 비싼 부품을 사도 원래 낼 수 있는 성능에서 손해를 본다. 전체 속도가 스펙이 떨어지는 부품의 속도에 맞춰져서 비싼 부품이 돈값을 못하게 되기 때문이다. 그래서 모든 부품이 서로의 성능을 잡아먹지 않고 유기적으로 최상의 속도를 내도록 스펙을 꼼꼼히 확인하고 구입해야 한다.

내 생각과 말의 병목현상도 마찬가지다. 그렇다고 컴퓨터 하드웨어처럼 생각의 체계를 통째로 교체할 순 없는 노릇이니 말의 속도를 생각의 속도에 맞추는 게 가장 좋은 보완책일 거다. 생각의 속도에 맞춰 말하려면 말의 속도를 예전보다 20~30%쯤 늦춰야 한다. 생각이 다음 단어와 표현들을 떠올릴 동안 말의 속도가 시간을 벌어주는 거다.

처음엔 잘 되지 않고 불편했지만 하다보니 생각보다 좋은 점이 많다. 일단 말을 뱉는 속도가 느려지니 단어를 조금 더 신중하게 고르게 됐고, 내 의도를 비교적 정확하게 전달하는 것 같은 느낌이 든다. 게다가 의도한 것은 아니지만 내 이런 말투가 신중하고 진중한 사람이란 인상을 준다고 한다. 궁여지책이 푼수끼까지 커버해주다니 이쯤하면 궁여지책이 아니라 기책이다.

그리고 이렇게 살아보니 썩 나쁘지 않다. 굳이 전처럼 말을 빨리 할 필요가 있나 싶고. 말이 조금 느려졌다고 해서 손해를 보는 게 사실상 전혀 없더라. 나는 이게 병목현상을 해결하기 위한 꾀라고 생각했는데 이젠 나이듦이 준 조언 같다는 생각도 든다. '너의 속도는 지금이 딱 좋아'라고 하는 것처럼.

혼자 하는 번역은 없다

간혹 번역 결과물이 소비자들에게 좋은 반응을 얻거나 좋지 않은 반응을 얻을 때, 소비자들은 둘 다 번역가의 공과 역할에 대해 이야기하지만 사실 번역은 번역가 혼자 하는 게 아니다. 번역 작업은 혼자 하더라도 그후에 클라이언트와 결과물을 다듬고 논의하고 수정하는 과정이 반드시 있다. 번역은 순수 예술이 아니니 내게 보수를 지급하는 클라이언트의 요구와 입김이 들어가는 것이 당연하다. 재밌게도 이 과정은 번역 결과물에 득이 되기도 하고 실이 되기도 한다.

실이 되는 것은 아무래도 클라이언트가 번역가처럼 전문가가 아니기 때문에 번역가가 중시했던 언어적인 요소들을 이해하지 못한다거나, 심하게는 원문을 두고 해석조차 달라서 끝까지 의견을 고집해 배가 산으로 가는 경우다. 이러면 결국 문장 간의 톤이 들쭉날쭉하다거나 캐릭터성이 달라지거나 하는 희한한 결과물이 나온다. 이럴 때면 번역가는 아무래도 결과물에 애착이 좀 떨어지기 마련이다.

반대로 득이 될 때도 많다. 문장을 두고 여럿이 의견을 내다보니 번역가가 갖지 못했던 시선에서 신선한 피드백을 줄 때가 있다. 어떨 때는 번역가가 탐탁지 않게 여겼던 의견이 결과적으로 소비자들에게 굉장히 호의적인 반응을 얻기도 한다. 번역가가 민망 또는 뻘쭘해지는 순간.

영화로 따지면 일반 개봉판과 감독판을 생각하면 된다. 제작자의 입김이 반영된 편집본이 일반 개봉판이고, 편집까지 모두 감독의 입맛에 맞춘 것이 감독판인데 감독판이라고 모두 좋은 것만은 아니다. 제작자의 시각이 적당히 반영된 결과물이 좋을 때도 많다. 감독에게 전권을 주고 '노터치'로 만들어진 결과물들이 상업적으로는 물론이고 예술적으로도 의미 있는 성과를 내지 못한 케이스를 너무 많이 봤다. 오히려 이럴 땐 제작자의 개입이 더 유용했을지도 모른다. 반대로, 흔치 않지만 졸작으로 불리던 작품이 훗날 감독판으로 명작의 반열에 오르는 일도 있다. 제작자의 과한 개입이 작품을 망친 케이스일 거다.

클라이언트의 개입 정도는 번역 분야에 따라 다르고 클라이언트마다 다르기도 하다. 내가 주력으로 하는 영화 번역은 번역가의 의견이 거의 90~95% 정도 반영되는 편이다. 한 편의 자막

대략 1500개 중 피드백이 많이 온다고 해봐야 20~40개 수준. 편집자와 심도 깊게 이야기해야 할 일들이 좀 있지만 책 번역도 거의 90%였다. 반면에 뮤지컬은 결과물에 반영되는 번역가의 의견이 50~60% 정도 될 거다. 뮤지컬은 분야 특성상 저런 비율이 당연하다. 노래 측면으로는 연출가, 음악감독의 의견이 있고 드라마 측면으로는 연출가, 배우의 의견이 있으니까. 게다가 해외 제작진이 고집을 꺾지 않으면 거의 울며 겨자 먹기로 이상한 문장을 직역처럼 써야 할 때도 있다. 이럴 땐 번역가가 좋은 문장을 쓸 수 있고 없고는 이미 논외다. 최악의 제약에서 그나마 남은 최선의 길을 모색하는 수밖에 없다.

영화는 아니었지만 한국어 대본을 만드는 작업이었던 드라마 파친코 2022 작업도 영화와 비슷해서 번역가의 의견이 한 70%쯤 반영됐던 것 같다. 이때는 작가와 상의해야 할 게 워낙 많았고 배우들마다 원하는 대사의 결이 제각각이기도 했다. 물론 이런 비율은 클라이언트의 성향에 따라 다르다. 어느 곳은 번역가의 의견을 겁이 덜컥 날 정도로 많이 반영하고 어느 곳은 유난히 강한 의견을 낸다. 번역가의 입장에선 그냥 둘 다 적당한 게 좋다.

온갖 제약에 발이 꽁꽁 묶여서 자신은 물론 소비자의 마음에도 안 드는 번역 결과물을 낼 때가 있고, 능력이 출중한 편집자를 만나고 비로소 빛을 내기 시작한 무명작가처럼 외려 클라이언트 덕에 훌륭한 결과물을 낼 때도 있다. 번역 결과물의 질의 정도를 만드는 데는 클라이언트와의 상호존중, 호흡, 시너지가 생각보다 아주 중요하다. 각 작품마다 번역의 질이 들쭉날쭉하다면 소비자들은 모르는 아주 다양한 '관계자의 사정'이 있다고 생각해주길 바란다. 소비자들은 내부 사정을 알 길이 없으니 칭찬도 비난도 가시적으로 보이는 이름인 번역가를 향하는 거겠지만, 사실 둘 다 온전히 번역가만의 몫은 아니다.

마음껏 미워할 수 없는

버터크림빵을 잘 먹는다. 그리 좋아하는 것도 아니면서 보일 때마다 늘 하나씩은 장바구니에 넣는다. 그러곤 그 빵을 먹을 때마다 아주 잠깐씩 기분이 묘하다.

아버지에 대한 기억이 그리 좋지 않다. 머리가 굵기 전에는 그저 공포의 대상인 동시에 피하고 싶은 사람이었고, 머리가 굵은 후부터는 눈만 마주쳐도 싸워댔다. 그도 그럴 것이 밖에서 무시당하고 집에 들어와 폭력적으로 변하는, 쓸데없이 자존심만 세우는 그 옛날 전형적인 가부장의 화신, 그런 흔한 아버지상이었으니까. 나는 아버지와 반대의 아버지가 되는 게 꿈이었다. 그렇다고 악한 사람은 아니었다. 나름의 방식이었지만 가족을 아꼈고, 애먼 곳에 한눈팔지 않고 당신의 능력 안에서 평생을 성실히 살았다. 틀린 구석이 많던 사람이었을 뿐 악한은 아니었다.

그런 아버지에 대한 기억 중에 그나마 한두 가지 좋게 남아 있는 것이 있다. 하나가 촌스러운 버터크림빵이다. 평생 막일을 했던 아버지는 늘 캄캄해져야 집에 들어왔다. 대부분은 불콰하게 취해서. 그럼 나는 급하게 자는 척하다가 들키는 일이 많았는데 그런 내게 아버지는 종종 흙이 잔뜩 묻은 건빵바지의 옆 주머니에서 빵을 한두 개 꺼내 주었다. 보통은 싸구려 버터크림빵이었고 어떨 땐 소보로빵이었다. 빵이 멀쩡하진 않았다. 새어나온 크림으로 봉지가 엉망이 되어 있거나 십중팔구 빵이 너무 눌려서 납작한 떡처럼 되어 있었다. 하지만 취한 아버지한테 싫은 소릴 들을까 전전긍긍하느라 빵의 몰골은 눈에 들어오지도 않았다. 그런데 빵을 건네주는 날에는 별말 없이 술냄새가 진동할 정도로 한숨을 길게 쉬고는, 내 머리를 한번 쓰다듬은 뒤 자러 들어가시는 일이 더 많았다. 그러면 나는 떡 같은 빵을 야금야금 소리 없이 먹고 다시 잠이 들었다. 칫솔질 훈육 같은 건 애초에 우리집에 없었다. 그런 것까지 잔소리하고 신경쓰기엔 어머니가 해야 할 일이 너무 많았다.

쌀이 떨어지는 일도 종종 있던 집이라 빵을 먹는 일이 흔치는 않아서 이럴 때라도 달디단 빵을 먹는 게 좋았다. 그 빵들이 어디서 온 건지 그때는 몰랐다. 빵 좋아하는 아버지가 들어오는 길에 어디서 사왔나보다 할 뿐. 그게 어떤 빵이었는지를 알게 된 건 한참 후, 스물한 살 때였다.

새벽같이 인력사무소에 나가 번쩍 손을 들고 봉고차에 올라타면, 아저씨들 몇 명과 함께 어딘지도 모를 곳에 내렸다. 대체로 어딘가의 공사 현장이었는데, 새로 개통하는 도로이기도 했고 철거 중인 현장이기도 했다. 현장에 나가면 대학생은 인기가 많다. 보통은 아저씨들의 아들뻘이라 뭐 하나라도 더 챙겨주려 하고 대학 생활은 어떤지, 아버지와의 관계는 어떤지 같은 사적인 것들도 자주 묻는다. 혹은 공부 열심히 해서 이런 일 절대 하지 말라는 걱정 섞인 타박을 듣기도 한다.

좋은 십장을 만나면 일을 시작할 때 담배를 한두 갑 받고, 끼니 중간에 참을 얻어먹는다. 참은 현장에서 대충 그늘을 찾아 앉아 먹는 간식이다. 언젠가 십장 아저씨가 커다란 검은 봉지를 가져와 참을 돌리는데 받고 보니 익숙한 빵이었다. 싸구려 버터크림빵 그리고 흰 우유. 공사장들이 빵집과 커넥션이라도 있는 건지 그후로 다른 현장에 나가도 같은 간식을 자주 받았다(대개 버터크림빵, 소보로빵, 보름달빵 셋 중 하나). 반사적으로 플래시백처럼 어릴 때 아버지가 건네던 빵이 떠올랐다.

이 빵이었구나. 그 빵 좋아하는 사람이 이걸 하루종일 건빵 주머니에 넣고 있었구나.

빵을 먹는데 그 싫은 사람이 자꾸만 가엽게 느껴지는 게, 이 마음을 어찌해야 할지 모르겠더라. 불편하다고 해야 하나, 불편한 게 죄스럽다고 해야 하나. 왜 이런 걸 알게 돼서 심경이 복잡해지는지, 화가 나기도 해 차라리 몰랐으면 했다. 마음껏 미워하기라도 하게. 모순덩어리. 싱숭생숭.

지금도 그 버터크림빵을 먹을 때마다 싱숭생숭하다. 딱히 맛있지도 않고 느끼하고 촌스러운 옛날 빵. 그런데도 빵집에서 눈에 띨 때면 나도 모르게 하나씩 집는다. 그런데 집에 와서 한입 물면 곧장 또 괜히 샀나 후회스럽다. 역시나 맛있진 않구나. 그때만큼.

내가 몰랐던 감사 인사

명동 CGV의 '씨네라이브러리'는 상영관과 분리되어 있고, 밝고 편한 분위기의 강연장처럼 생겼다. 객석과 무대가 가깝기도 하고 영화 분석을 깊게 하는 GV가 종종 잡히는 곳이라 영화에 애정이 큰 관객들이 많이 찾는 곳이기도 하다.

보통 40분에서 50분쯤 GV 진행을 마치면 나머지 시간 동안 관객 질문을 받는다. 질문하고 싶은 관객이 손을 들면 진행자가 지목해서 발언권을 주는 방식인데, 내가 진행하는 GV는 늘 질문자가 많다. 영화 번역에 관해 이야기 나눌 일이 흔치 않아서 그런지 놀랍게도 손을 많이 들어주신다. 대개는 시간이 끝날 때까지 질문이 이어져 모두에게 질문 기회를 주지 못한다.

그러니 이땐 질문자를 잘 골라야 한다. 정말 무례한 질문을 하거나 개인적인 감상이나 해석을 몇 분이고 계속 말하는 관객도 자주 있어서 GV 분위기를 망치는 일이 흔하다. 그 작품의 감독이 진행하는 GV에서 연출을 비난하는 일도 있고, 진행자의 발언에 감정이 상해서 사과 발언을 들을 때까진 앉지 않겠다고 고집을 피우는 관객도 있다. 심지어 나에게 대뜸 오역을 지적하거나 영어로 질문하는 관객도 있었다. 한국어를 못하시냐 영어로 물었더니 아주 잘하시더라. 질문자로 지목했는데 갑자기 같이 무대에 올라와서 셀카 한 장만 찍으면 안 되겠냐고 요청하는 관객도 있었다. 그런 해프닝을 겪으면 GV 후기 글이 좋지 않게 올라온다. 시간 내서 갔더니 엉뚱한 일로 기분만 망치고 왔다는 거다. 그럴 때면 내 잘못도 아닌데 참 민망하고 미안하다. 그래서라도 질문자를 신중하게 고른다.

이날도 씨네라이브러리에서 GV를 할 때였다. 여느 때처럼 신중하게 질문자를 고르던 중이었다. 질문을 세 개쯤 받았을까. 다음 질문자를 고르는데 왼쪽 아래 객석에 앉은 관객이 핸드폰으로 뭔가를 잔뜩 쓰더니 핸드폰을 머리 위로 들고 힘차게 흔들었다.

GV를 많이 진행해본 사람으로서 피해야 하는 전형적인 질문자 유형이 몇 가지 있다(늘 맞는 것은 아니지만). 저분의 경우는 '유형 C-12a, 보통 관객들과 과하게 다른 행동을 하는 관객'이다. 또 셀카 찍으러 올라오고 싶다는 건 아닐까 싶어 애써 눈을 피했다. 그것도 오래 버티진 못했다. 다른 관객들이 다 쳐다볼 정도로 너무 열정적으로 손을 흔드니 무시할 수가 있어야지.

나는 살짝 겁을 먹은 채로 그 질문자를 가리키며 일어나 질문해달라고 했다. 그런데 뭔가 이상했다. GV 진행을 돕고 있는 홍보사 직원이 다가가 마이크를 건네자 고개를 저으며 입을 두어 번 벌리고 뭔가 말하며 본인의 핸드폰을 건네주려고 했다. 직원도 당황한 눈치였고 나는 속으로 한숨을 쉬었다. 왜 슬픈 예감은 틀린 적이 없나. 하지만 핸드폰을 받아든 직원은 잠시 놀란 표정을 짓더니 핸드폰을 들고 무대로 올라와 내게 건네줬다.

"말이 어려우신가봐요."

핸드폰에 떠 있는 메모 앱에는 대여섯 줄쯤 되는 질문이 적혀 있었다. 여느 관객들이 하는 질문과 그리 다르지 않은 영화 내용에 관한 질문이었다. 나는 상황을 파악할 시간을 벌기 위해 양해를 구하고 생수병을 들어 물을 한 모금 마셨다.

아… 청각장애인이구나.

순간 온갖 미안함과 창피함이 소름처럼 살갗을 덮었다. 왜 나는 청각장애인이 GV에 참석했을 거란 생각을 못했나. 그들은 내 말을 못 들을 테니 그게 당연하다 생각했을까. 민망해서 발밑에 있는 마이크 구멍으로 숨고 싶었다. 나는 그 관객을 쳐다보고 내가 할 수 있는 가장 정확한 발음과 큰 입모양으로 천천히 답변했다. 머릿속이 복잡했다.

'청각장애인은 입술을 읽는다고 들었는데 이 정도 속도면 괜찮을까? 내 입모양은 지금 제대로인가? 혹시 말 속도를 늦추는 게 모욕적으로 느껴지진 않을까?'

식은땀을 흘리며 간신히 답변을 마쳤다. GV가 끝나고 관객들이 짐을 챙겨 일어날 때 서둘러 그 관객에게 가서 말을 걸었다. 아까 내 답변이 충분한 답이 됐는지, 전달은 제대로 됐는지. 그 관객은 또렷하진 않지만 충분히 알아들을 만큼 또렷한 발음으로 내게 고맙다고 했다. 그러곤 셀카를 한 장 요청했다. 셀카가 다 뭐냐, 미안함을 조금이나마 덜 수 있다면 뭔들 못해드릴까.

그날 집에 돌아와서 수어로 '감사합니다'를 검색하고 거울을 보며 연습했다. 그들은 내게 감사하다는 말을 할 줄 아는데 나는 왜 이 간단한 한마디를 몰랐나.

오른손의 손날을 세우고, 왼손 손등 위를 수직으로 두 번 두드린다.

"감사합니다. 질문해주셔서 감사합니다."

그대들의 거짓말이 현실이 되기를

페이스북에 접속하면 작년, 혹은 몇 년 전 오늘 올렸던 포스팅을 '내 추억 보기'라는 이름으로 띄워준다. 2020년 4월 1일에는 햇수로 5년 전에 올렸던 한 포스팅을 띄워주더라.

"마블 영화를 내가 작업하게 됐다. 계약 꾹."

— 2015년 4월 1일

2015년이면 영상 번역 경력이 8년쯤 되었을 때다. 그런데 영화 번역계에 진입한 지는 2년이 조금 넘었을 때라 그쪽에선 여전히 루키였다. 당연히 직배사와 일할 기회는 없었고, 수입사에서 의뢰하는 비교적 작은 영화들을 번역하며 지냈다. 예술 영화나 감독주의 영화가 많았고 상업 영화라고 해도 직배사에서 배급하는 블록버스터들과는 비교가 안 되는 작은 규모의 영화들이었다. 소소한 영화들을 자주 보는 관객들 사이에서 내 이름을 알아보는 사람들이 생기기 시작했고 어느 관객은 '영화 번역계의 안테나뮤

직'이란 별명을 붙여주기도 했다. 큰 영화는 맡지 못하고 작은 영화를 위주로 작업하는 번역가라는 궁상맞은 의미이기도 했지만 그 별명을 참 좋아했다. 안테나뮤직의 열렬한 팬이기도 하고.

그러다 만우절에 장난처럼 쓴 글이 저거였다. 대개 만우절 허풍은 본인이 생각해도 어처구니없는 희망을 쓰지, 실현 가능하다고 생각하는 내용을 쓰지 않는다. 로또에 당첨됐다거나 빌보드 1위에 올랐다거나 테일러 스위프트와 저녁식사 약속을 했다거나 하는. 내게는 실현 가능성 없는, 어처구니없는 희망이 마블 스튜디오의 영화 번역이었다. 직배사는 못해도 15년, 20년 넘게 함께 일한 번역가들이 있어서 그 풀에 들어가기가 사실상 불가능하다. 천운으로 그 풀에 들어간다 해도 블록버스터를 맡는 건 실현 가능성이 거의 없다. 그러니 아무런 부담없이 장난처럼 만우절 허풍으로 썼던 거였다. 그런데 거짓말처럼 저 포스팅을 올린 지 1년이 채 되지 않아 마블 영화를 번역하게 됐다. 2016년에 번역한 *2016* 데드풀과 *2016* 엑스맨: 아포칼립스. 흔히들 아는 'MCU(Marvel Cinematic Universe)' 영화는 아니지만 어쨌건 마블은 마블이다. 1년 전 만우절 장난으로 올린 글이 현실이 됐다.

이날 몇 해 전 포스팅을 다시 보면서 감회가 새롭길래 인스타그램에 글을 올렸다. 이렇게 만우절 거짓말이 실현되는 일도 있으니 댓글로 희망 섞인 거짓말을 하나씩 질러보자고. 만우절이 끝나갈 무렵 댓글이 몇 개 붙었나 봤더니 200개가 넘었다. 처음 몇 개는 장난스럽게 읽다가 그 많은 바람과 소원들을 보고 있자니 조금은 숙연해졌다. 재력을 비는 이들도 있었고, 가족의 건강을 비는 이들도 있었고, 학업과 직업의 성취를 비는 이들도 있었고, 사랑이 찾아오길 비는 이들도 있었다. 장난처럼 쓴 글인데 댓글은 뒤로 갈수록 사뭇 진지했다. 그러다 "우리 아들이 아프지 않게 됐다!"라는 댓글에 이르러선 손을 모으고 함께 빌고 싶어졌다. 이 사람들이 장난처럼 쓰지만 은근히 진심이구나. 기껏해야 200개 댓글에 일일이 하트 모양의 '좋아요'를 눌러주는 것밖에 할 수 없지만 이렇게나 간절히 원하는 일들이니 이루어지면 좋겠다. 글을 남겨둘 테니 언제고 현실이 되면 성지 순례로 찾아와 같이 축하하자 했다. 만약 그런 일이 생긴다면 그것도 만우절의 기적 같고 재밌잖아.

만우절에 뭐든 거짓말 하나 하지 않고 지나가면 왠지 아쉽긴 하다. 그렇다고 매년 여러 사람을 포복절도하게 만들 거짓말을 지어내는 것도 힘들다. 만우절에 무해하고 유쾌한 장난을 치는 게 쉬운 일도 아니니, 앞으로는 그냥 이렇게 거짓말을 가장해 소원

비는 날로 써먹는 것도 나쁘지 않겠다. 누굴 골탕 먹이는 날이 아니라 너무 현실 가능성이 적어 보여서 평소에 빌기도 부담스럽던 소원을 비는 날. 은근슬쩍 마음을 전하는 밸런타인데이 초콜릿처럼 밑져야 본전이다 생각하고 던지는 거지.

200개가 넘는 소원을 읽고 나서 생각해보니, 올해 만우절엔 거짓말 장난도 하지 않았고 거짓말을 가장한 바람을 쓰지도 않았다. 남의 소원 같은 거짓말만 잔뜩 읽다가 만우절이 지나버렸구나. 오전 12시가 조금 넘긴 했지만 만우절의 신이 있다면 부디 이 거짓말까지는 세이프로 쳐줬으면 좋겠다.

"저기 댓글 단 모든 사람의 소원이 기적처럼 하나도 빼지 않고 모두 이루어졌다."

번역 : 황석희

1판 1쇄	2023년 11월 17일
1판 3쇄	2023년 12월 12일

글	황석희

책임편집	변규미
편집	이희연
디자인	조아름
마케팅	정민호 김도윤 박치우 한민아 이민경 정경주 박진희 정유선 김수인
브랜딩	함유지 함근아 고보미 박민재 김희숙 박다솔 조다현 정승민 배진성
제작	강신은 김동욱 이순호

펴낸이	이병률
펴낸곳	달 출판사
출판등록	2009년 5월 26일 제406-2009-000034호
주소	10881 경기도 파주시 회동길 455-3
이메일	dal@munhak.com
SNS	dalpublishers
전화번호	031-8071-8683(편집) 031-955-8890(마케팅)
팩스	031-8071-8672

ISBN	979-11-5816-174-3 03810